Le Cœur d'Harrison

Héros à louer, tome 7

Dale Mayer

Le Cœur d'Harrison, Héros à louer, tome 7
Beverly Dale Mayer
Valley Publishing Ltd.

Copyright © 2017

Traduit de l'anglais par Maya D. et Valentin Translation

ISBN-13 : 978-1-778864-74-2
Format Print

Résumé

Lorsqu'un appel à l'aide est lancé par le père de Ice, la partenaire de son patron Levi, Harrison y répond. Un sénateur a été abattu, sa femme frappée, et les enfants de l'homme ont disparu. Avec une conférence de presse où il faut répondre à de nombreuses questions, Harrison a du pain sur la planche. Malheureusement, ce n'est pas tout ce qu'on attend de lui. La fille adulte du sénateur s'est également volatilisée. Ancienne militaire, elle a apparemment une dent contre le monde. Elle ne veut pas être retrouvée et, même après que Harrison l'a localisée, elle refuse d'avoir la moindre relation avec lui. Si seulement il ressentait la même chose...

Zoe a une mission qui ne laisse pas de place aux héros dans sa vision du monde, en particulier à un magnifique guerrier badass comme Harrison, qu'elle ne considère guère plus que comme un mercenaire à louer. Heureusement que Harrison n'a jamais été du genre à accepter un « non » comme réponse, car la situation – et leur relation – a tous les ingrédients d'un baril de poudre qui n'a besoin que d'une petite étincelle pour s'enflammer. Zoe a irrité exactement les mauvaises personnes... et celles-ci complotent pour mettre fin à son ingérence... et à elle... de façon permanente.

Inscrivez-vous ici pour être informés de toutes les nouveautés de Dale !

https://geni.us/DaleNews

Chapitre 1

H ARRISON HAMILTON S'ASSIT à table. Ses mouvements étaient saccadés, nerveux. Son café manqua de se répandre sur le plateau. Heureusement, seul Levi était présent. Harrison fixa sa tasse d'un air morose. Il devenait fou. Il releva la tête et s'adressa à Levi.

— Sors-moi d'ici ! Tu dois bien avoir un travail pour moi quelque part !

Levi hausse un sourcil.

— Tu te sens à l'étroit ?

— L'ambiance romantique est en train de m'achever.

Il se pencha en avant et ajouta :

— As-tu la moindre idée de ce que c'est que d'être le seul célibataire, ici ?

Levi retint difficilement un sourire en coin.

— Ça va changer. Nous avons quelques nouvelles recrues qui vont arriver.

Harrison acquiesça.

— C'est bien. Mais, ils ne sont pas là, pour l'instant. J'ai essayé de regarder un film hier soir, des amoureux se faisaient des câlins sur le canapé. Je suis allé dans la cuisine pour m'éloigner et travailler sur un rapport. J'ai trouvé un autre couple en train de se caresser. Je me suis rendu à la salle de sport pour me dépenser et qu'est-ce que j'ai vu ? Encore un couple ! Ça me tue !

Il prit son café et en but la moitié d'un coup, puis le reposa.

— Trouve-moi un travail et sors-moi de là ! grogna-t-il en se préparant à partir.

Il entendit, alors, tout le monde arriver.

— C'est reparti !

Il se laissa retomber sur sa chaise, vaincu. Levi secoua la tête, perplexe.

— Ne le prends pas si personnellement !

Harrison lui lança un regard.

— Ce n'est pas personnel. C'est accablant.

Le visage de Levi se détendit.

— Je le vois bien. Je me souviens quand…

— Oui, quand il n'y avait que nous.

Harrison ne prit pas la peine d'expliquer pourquoi il avait accepté qu'Ice fasse partie de l'*équipe des gars*, ce qui portait à sept le nombre de membres de l'équipe d'origine.

— Maintenant, c'est moi, seul, au milieu de quoi ? Combien d'entre vous ? Six ! Plus vos partenaires. C'est ridicule !

Les couples entrèrent, en quête d'un café et d'un petit-déjeuner. Dans un joyeux bavardage, plusieurs d'entre eux se dirigèrent vers la cafetière ; d'autres, qui n'étaient visiblement pas du matin, s'assirent à table et attendirent que leur moitié leur apporte leur tasse.

Harrison renâcla et s'enfonça dans son siège. Peut-être que, s'il avait l'air d'avoir passé une nuit de merde, ils resteraient loin de lui. Ses compagnons avaient besoin de leur partenaire. Même Logan était ici avec Alina. Harrison ne savait pas si elle avait emménagé de façon pérenne ou non, mais elle était sur le point de le faire. Un des appartements était en train d'être aménagé pour eux. Maintenant, Levi faisait construire des logements familiaux, comme sur une base militaire.

Harrison renifla en entendant cela. Plusieurs personnes se retournèrent et le scrutèrent d'un air interrogateur. Il leur lança un regard noir.

Les sourcils de Logan se soulevèrent.

— Tu es de mauvais poil, ce matin.

Harrison ferma les yeux. Il n'était pas trop tôt pour sortir du domaine. Il devrait, peut-être, aller faire un jogging d'une quinzaine de kilomètres pour évacuer sa tension. Cela faisait plusieurs semaines qu'il n'avait pas eu de travail exigeant beaucoup d'habileté et ça lui manquait. Il avait envie que quelque chose se passe.

Alfred apparut à ce moment-là, l'air un peu plus fatigué que d'habitude. Harrison se sentit immédiatement coupable. Il était resté assis, grognant contre tout le monde, alors qu'Alfred aurait eu besoin d'aide. Harrison se leva d'un bond, se dirigea vers la cuisine et saisit les autres plateaux, chargés de nourriture. Il les sortit et marmonna en passant devant Alfred :

— Désolé, mon pote. J'aurais dû venir t'aider.

Alfred lui tapota l'épaule.

— Ne t'inquiète pas ! On doit, tous, s'adapter.

— Oui, vraiment.

Alors que le petit-déjeuner était presque terminé, le téléphone d'Ice sonna.

— Hé, papa ! Quoi de neuf ?

Peu après, elle posa sa fourchette et se raidit. Levi se retourna pour la dévisager. Le silence s'abattit sur la table. Le père d'Ice était médecin. Il dirigeait une clinique privée en Californie où Levi, Rhodes, Merk et Stone s'étaient rendus, en convalescence, lorsque leurs vies avaient été mises en danger, près d'un an auparavant. Peut-être que cela faisait déjà plus d'un an, en fait ? Harrison ne s'en souvenait plus, ça lui semblait si loin. D'après l'attitude d'Ice, son père semblait avoir des ennuis.

Elle se leva et prit la télécommande pour allumer l'écran mural, situé à côté d'Harrison. Elle appuya sur quelques boutons et son père apparut en grand.

— Vas-y, papa ! Tu es en visio pendant que nous finissons de prendre notre petit-déjeuner.

Le soulagement inonda le visage de son père lorsqu'il la vit.

— Ma nuit a été un peu difficile. Je suis sûr que vous avez entendu aux nouvelles d'hier que le sénateur s'est fait tirer dessus ?

— Oui, le sénateur Branson, dit Levi. Qu'est-ce qui se passe ?

— Sa femme est actuellement soignée dans ma clinique. C'est une vieille amie, elle est vraiment mal en point. Il est difficile d'obtenir d'elle une version complète de ce qui s'est passé. Elle a été atrocement blessée et ne cesse de perdre connaissance. Je ne sais pas si elle cache quelque chose, si elle craint la presse, si elle craint pour la sécurité de sa famille ou si c'est tout cela à la fois. Mais le fait est que sa fille, Zoé, a disparu. En fait, son fils, Alex, aussi, mais ce n'est pas inhabituel. Quoi qu'il en soit, jusqu'à présent, personne n'a réussi à localiser sa fille. Elle a vingt-sept ans. Elle est très intelligente. Elle a fait un passage dans l'armée. Elle a vécu de mauvaises expériences là-bas. Alors, quand son engagement est arrivé à échéance, elle est partie sans regarder en arrière. Honnêtement… on dit qu'elle a tiré sur son père. Je l'ai rencontrée plusieurs fois. Si elle l'a fait, je suis enclin à croire qu'elle avait de bonnes raisons. Mais, pour l'instant, ce n'est qu'une rumeur.

Ice et Levi se regardèrent, puis observèrent l'écran.

Harrison se pencha en avant.

— Richard, qu'en est-il de la relation entre le fils et le sénateur ?

Le père d'Ice acquiesça.

— Bonjour, Harrison ! Ça fait longtemps que je ne t'ai pas vu, mon ami.

Harrison esquissa un sourire.

— Pour moi, c'est probablement une bonne chose.

Richard sourit, puis poursuivit :

— En ce qui concerne le fils, Alex, il est en train de s'engager dans une carrière politique. Il semble effectuer un travail remarquable dans la campagne pour la réélection de son père. Il a dix-huit mois de plus que sa sœur. Ils n'ont jamais été proches. Il n'y a pas beaucoup d'amour entre eux. Je dirais même que c'est le contraire. Mais, pas au point d'abandonner son frère en ce qui la concerne. Elle est la plus responsable des deux.

— Qu'est-il arrivé à la mère ? demanda Harrison. Pourquoi est-elle dans ta clinique ? On lui a aussi tiré dessus ?

Richard secoua la tête.

— Non. Trish a été sévèrement battue. Elle a des contusions sur tout le visage, le cou, les épaules et les bras. Il semblerait qu'elle était allongée au sol quand elle a reçu plusieurs coups de poing et de pied. Il y a même des traces d'une tentative d'étranglement. Elle est très mince, voire maigre, mais elle est grande. Elle a cinquante-trois ans. Son corps a été plus que passablement malmené.

— Est-elle consciente ? Peut-elle nous parler ? demanda Ice. Parce que c'est par là qu'il faut commencer.

— Elle n'est pas assez cohérente pour l'instant.

Levi reprit la parole.

— Richard, je suppose que tu nous demandes de chercher la fille ?

Richard acquiesça.

— Le problème, c'est qu'il faut le faire discrètement. J'aimerais aussi savoir qui a battu Trish. La police locale est, également, sur le coup.

Levi s'assit et croisa les bras.

— Travailler avec eux ? Ensemble ? Ça peut entraîner des bâtons dans les roues et une absence totale de partage d'informations…

Richard pencha la tête.

— Je ne suis pas sûr de pouvoir vous donner grand-chose, non plus.

Ice lança :

— Ne t'inquiète pas, papa ! Nous ferons de notre mieux. Peux-tu me dire quand la fille a disparu et où le sénateur s'est-il fait tirer dessus ?

— Le sénateur Branson s'est fait tirer dessus à 19 h 15, hier soir, sur le pas de sa porte. Sa femme est arrivée à la clinique peu de temps après. Sa fille n'a pas été vue depuis l'heure du dîner.

— Y a-t-il un risque que le tireur ait kidnappé la fille ? demanda Levi. Ou qu'il l'ait assassinée et jetée quelque part ?

Le visage de Richard devint blême alors qu'il soupesait cette idée.

— C'est possible. Ice, si Trish est ici, c'est parce qu'elle m'a appelé, personnellement, pour me demander de l'aider.

— As-tu prévenu la police ? demanda Levi d'une voix dure. Es-tu impliqué dans cette affaire ? D'une quelconque façon, qui se révèlera une fois que nous aurons commencé à creuser ?

Richard nia.

— Non, j'ai dit à la police qu'elle était ici, sous surveillance, en soins intensifs, gravement battue. À part ça, je ne leur ai rien raconté.

Il grimaça.

— Trish n'a pas dit grand-chose, si ce n'est que sa fille ne lui avait pas fait de mal. Il est possible que ce soit le sénateur qui l'ait frappée.

Un silence de mort se fit autour de la table.

Harrison secoua la tête et jura dans sa barbe. Les maris violents ne figuraient pas sur leur liste d'hommes à aider. En général, *Legendary Security* ne travaillait pas pour eux. Un sénateur qui battait sa femme ? Si cela se savait, eh bien, cela créerait une tempête médiatique. Ils auraient alors encore plus de mal à découvrir la vérité.

— Pourquoi a-t-elle été battue presque à mort ? La vraie question est de savoir si le sénateur a été abattu avant ou après.

Harrison étudia le visage de Richard.

— Nous ne pouvons pas encore le déterminer. Les deux événements se sont produits si près l'un de l'autre.

Richard soupira puis jeta un coup d'œil dans la salle et sourit.

— Levi, je vois beaucoup de nouveaux membres dans ton équipe, des femmes pour la plupart… J'aime bien ça.

— C'est une bonne chose, précisa Ice, d'une voix calme. Mais, elles ne font pas forcément toutes parties de la société. Papa, beaucoup d'entre nous ont des partenaires maintenant.

Un léger sourire franchit ses lèvres et il hocha la tête.

— Tant mieux. Je dois me remettre au travail. Ton équipe peut-elle m'aider ? Trish craint pour sa fille.

Levi acquiesça.

Harrison reprit alors la conversation.

— Je peux prendre l'avion d'ici deux heures.

Richard poussa un gros soupir.

— Je te remercie. Tu peux habiter chez moi, Harrison. Je n'ai aucune idée de l'endroit où cette histoire te mènera. Elle pourrait bien te faire traverser le pays. Cette fille avait des liens avec l'armée. Je ne sais pas ce qu'elle a fait depuis qu'elle a quitté le service. Si Zoé a tiré sur le sénateur, c'était peut-être pour l'empêcher de tuer Trish. Elle a reçu l'entraînement nécessaire pour ça. Elle est devenue un peu un électron libre. Elle semble contenir beaucoup de colère et, je pense, de blessures.

Il afficha un sourire fatigué puis éteignit la vidéo. Harrison s'assit et dit :

— Waouh ! Un sénateur violent.

Il se pencha en avant.

— Le sénateur est-il mort ou on lui a juste tiré dessus ?

Tout le monde se regarda, attendant la réponse.

— Je crois qu'il a dit « tiré dessus ». Je ne suis pas sûre que cela signifie que le sénateur est mort. Pas encore. Nous assurerons le suivi.

Ice se leva.

— Je vais aller au bureau pour voir quelles informations je peux trouver.

Sienna prit la parole de l'autre côté de la table.

— Je vais m'occuper de ton voyage, Harrison.

Levi se tourna vers Harrison et lui dit :

— Tu n'y vas pas seul. Nos affaires tournent mal beaucoup trop souvent.

Harrison soupira.

— Eh bien, ajoute quelques nouveaux ! Tous les autres ici sont en couple.

Il prononça cette phrase d'un ton si caustique qu'ils le regardèrent tous. Il n'en avait rien à foutre. Alors qu'il s'éloignait, il entendit Levi expliquer aux autres que « *Harrison a la fièvre de la cabine, il a besoin de prendre l'air* ».

Dans sa barbe, il marmonna :

— Ça, c'est un euphémisme.

Harrison ne devait pas s'en prendre à eux. Ils étaient heureux. C'est ainsi que la vie devrait être. Ce n'était pas de leur faute, s'il était nul dans le domaine amoureux. Ses antécédents n'étaient pas bons du tout. Il n'était pas encore prêt à aller de l'avant. Il devait se faire une raison.

À sa manière.

Sinon, il pourrait toujours quitter l'enceinte du complexe et chercher un autre emploi. Cette idée le fit grogner. Mais vivre là, en ce moment, ça le rendait malade. C'était à peu près supportable jusqu'à ce que Logan et Alina emménagent ensemble. Pourtant, il aimait bien Alina. Cela n'avait aucun sens.

Alors, de quoi s'agissait-il ?

Aigreurs et amertumes, lui dit sa petite voix intérieure. *Jalousie. Tu sais que tu ne veux pas être seul. Mais les chances que cela change un jour sont minces, tu as peur d'être l'unique célibataire du groupe à ne pas trouver son âme sœur.*

Cette fois, il leva les yeux au ciel.

— Parfait ! grommela-t-il.

Chapitre 2

Z OÉ BRANSON ÉTAIT accroupie au coin de la rue, aux côtés de Benji. Il jouait de sa fidèle guitare, son gobelet d'étain et sa canne blanche, à côté de lui. Elle était là depuis une bonne partie de la matinée. Elle envisageait d'aller leur chercher un café. Mais, à cet instant, elle se sentait trop paresseuse, fatiguée et heureuse, appréciant simplement de rester assise quelques minutes. Faire quoi que ce soit d'autre lui était, temporairement, impossible.

Elle était en permanence sur le qui-vive. Elle avait tellement de haine, de colère en elle qu'elle ne savait plus quoi faire. Elle avait besoin d'écraser quelqu'un. Mais, elle n'avait personne à portée de main. D'ailleurs, elle avait découvert qu'aller jusqu'au bout lui faisait plus de mal que de bien. C'était une réalité de la vie.

— Tu n'es pas obligée de rester là à me tenir compagnie, ma petite, dit Benji, ses doigts grattant doucement la guitare.

Une mère et son enfant passèrent. Le garçon déposa quelques pièces dans le gobelet.

Benji sourit et dit :

— Que Dieu te bénisse, mon enfant !

Zoé regarda le petit s'éloigner, sa main dans celle de sa mère, se laissant porter tout en conservant un œil sur Benji.

— Comment as-tu su qu'il s'agissait d'un enfant ? murmura-t-elle.

— Les pas.

Elle leva les yeux au ciel et acquiesça.

— Comment sais-tu que c'est lui qui a déposé la pièce ?

— À cause du manque de force avec laquelle les pièces sont tombées. Elles ne sont pas tombées de très haut.

Elle gloussa.

— Bien joué ! Et si je nous apportais deux cafés ?

Elle se leva.

— As-tu mangé aujourd'hui ?

Son hochement de tête en dit long.

— J'ai mangé une pomme et la moitié d'un sandwich ce matin.

Elle consulta sa montre. Il était presque deux heures.

— As-tu prévu de dîner, ou te contenteras-tu de ce que j'apporterai ?

Son éclat de rire remplit la rue.

— Je ne refuse jamais un repas, que j'aie des projets ou non.

— N'est-ce pas ?

Elle se retourna pour ajouter :

— Je reviens dans dix minutes.

— Peut-être qu'aujourd'hui tu le feras. Probablement que demain, tu ne le feras pas.

Au cours de ces derniers jours, il avait dit, plusieurs fois, quelque chose de similaire. Zoé prit conscience qu'elle ne pouvait pas vraiment discuter avec lui, parce qu'elle pouvait être amenée à partir à tout moment. Pour l'instant, elle était ici. Et c'est ce qui lui plaisait. Elle était anonyme. Personne ne savait qui elle était, d'où elle venait et, surtout, personne ne s'en souciait. C'était précieux.

À un pâté de maisons de là, il y avait un café au *Riverside Center*. Son régime alimentaire était très mauvais actuellement, mais elle s'en moquait. Ses rations normales se composaient de yaourts naturels et de nombreux fruits et légumes frais. Depuis qu'elle avait commencé à vivre dans la rue, elle s'était facilement habituée à ne pas disposer de toutes les choses qu'elle appréciait auparavant. Maintenant, elle refusait d'accepter la merde qui accompagnait sa vie en dehors de la rue. Elle n'en était plus capable, peut-être ne le serait-elle plus jamais…

Elle avait brièvement envisagé de quitter le pays, c'était une idée qu'elle gardait toujours à l'esprit. Mais… réussirait-elle à le faire tant que sa mère serait encore en vie ? Sa mère était la seule personne au monde à laquelle elle tenait. Elle savait qu'on la soupçonnait de l'avoir battu. C'était un mensonge. Elle était tout à fait en mesure de tabasser quelqu'un, mais jamais elle n'aurait touché à sa mère. Celle qui l'avait protégée du monde. Sa mère l'avait mise en garde lorsqu'elle s'était confrontée à certains des délits les plus horribles qui puissent être dans l'armée. Être un homme et servir, c'était une chose. En tant que femme, c'était une tout autre histoire.

Sa meilleure amie avait été violée par plusieurs hommes, de sa propre unité. Une trahison si horrible, si totale ! Zoé s'était échinée pour que justice soit faite. Mais, lorsqu'elle avait trouvé Tamara pendue dans la salle de bain, avec sa propre chemise, elle s'en était allée. Il n'y avait pas eu de justice pour son amie. Aucune.

Et Zoé doutait que cela se produise de son vivant. Il y avait eu tellement de dissimulations. L'armée ne pouvait pas supporter l'idée que les soldats ne soient pas parfaits. Les hommes qu'elle croyait être des bons patriotes, honnêtes et intègres, s'étaient retournés contre l'un des leurs. Et ils continuaient à violer.

Une pierre se trouvait sur son chemin. Zoé prit son élan et donna un coup de pied, aussi fort qu'elle put, dedans. La colère qui l'animait était telle que la pierre s'élança vers l'avant, rebondit et continua à rouler. Ce n'était qu'un piètre exutoire pour sa colère.

Zoé entra dans le café et en commanda deux. Après les avoir pris, elle se rendit dans le magasin voisin et regarda les sandwichs sur le menu. C'était moins cher si elle en achetait une grande quantité. Benji pouvait en mettre un de côté pour plus tard et elle aussi. Elle en acheta quatre grands, complets, les fit emballer et disposer dans des sacs pour pouvoir les emporter.

Ses achats en main, elle se dirigea vers l'endroit où Benji était assis. Elle l'avait vu à plusieurs reprises au cours des derniers mois, depuis qu'elle avait quitté l'armée. En fait, lorsqu'elle avait eu besoin de s'évader après la tentative d'assassinat contre son père, Benji avait été le premier homme auquel elle avait pensé. À son style de vie aussi. Elle avait suivi son exemple et disparu dans la rue.

Il jouait encore, grattant sa guitare, heureux comme un gosse. Elle ne comprenait pas comment c'était possible. La vie semblait s'acharner contre lui, il avait toujours eu droit au mauvais côté du bâton. Et personne ne s'en souciait. Pourtant, chaque jour, il se présentait avec un sourire sur le visage, le cœur paisible et jouait joyeusement de sa guitare pour quelques pièces de monnaie, jetées dans son gobelet.

Elle avait besoin de retrouver un peu de cela. Alors, elle s'était assise à côté de lui, cherchant à savoir quel était son secret. Pour l'instant, sa colère l'empoisonnait. Elle finirait par la tuer. Cela ne la dérangeait pas. Mais, en attendant, elle ne pouvait pas laisser sa mère seule et sans protection. Le connard qui avait tiré sur son père reviendrait. S'il avait eu l'intention de le tuer, il était inimaginable qu'il ne l'achève pas. La seule question était de savoir s'il avait l'intention de s'en prendre à sa mère ensuite. Et était-il seul ou venait-il en meute ?

LE VOL D'HARRISON devait bientôt décoller. Il avait été autorisé à embarquer en avance. Il ouvrit son ordinateur portable et téléchargea les dossiers qu'Ice lui avait envoyés : toutes les informations possibles depuis leur naissance, et même avant, de tous les membres de la famille Branson, dossiers militaires compris. Richard, le père d'Ice, enverrait son homme de confiance, Foster, à l'aéroport international de San Diego pour accueillir Harrison à l'atterrissage et le conduire chez Richard. C'était une bonne chose, Richard possédait une magnifique maison. Harrison était toujours prêt à vivre dans le luxe. Et, comme, Richard vivait seul, il ne serait pas incommodé par une histoire d'amour.

Il se concentra d'abord sur le dossier du sénateur. D'après les rapports, plusieurs menaces de mort avaient été proférées envers lui, des lettres vicieuses avaient été envoyées, ainsi que des courriels désagréables. Cependant, rien de ce que la police avait trouvé n'était suffisamment solide pour inculper qui que ce soit. Le sénateur était très apprécié dans sa circonscription et détesté dans d'autres. Une forte faction religieuse l'avait porté au pouvoir et avait façonné ses convictions. Il était opposé à l'avortement et aux armes à feu, bien qu'il en possédât une lui-même. Lors des interviews, il faisait des déclarations confuses et répondait aux questions par d'autres questions. Les médias adoraient le détester et vice versa. Rien ne laissait penser qu'il ait eu un passé violent ou qu'il ait pu battre sa femme.

Vu de l'extérieur, c'était la famille parfaite. Le sénateur était né dans l'opulence et son épouse était issue d'une famille fortunée.

Harrison examina ensuite le dossier de Trish. Comparé à celui de son mari, il était très mince. Elle avait deux enfants et passait le plus clair de son temps à mener des activités caritatives, maintenant que son fils et sa fille étaient adultes. Elle semblait être appréciée par la communauté, était souvent invitée à s'exprimer sur les droits des femmes et défendait les opprimés. Aucune menace de mort n'avait été proférée à son encontre. Certaines l'étaient en association avec son époux. Elle était née dans un milieu plus qu'aisé et avait été conditionnée pour ce type de mariage.

Les enfants avaient fréquenté toute leur vie des internats et des écoles privées, ce qui amenait Harrison à se demander comment ils avaient pu entretenir des relations familiales alors qu'ils passaient tant de temps séparés les uns des autres. Pourtant, les commentaires de ceux qui connaissaient Trish soulignaient à quel point elle était une mère attentionnée, impliquée dans la vie d'Alex et Zoé. Bien sûr, il ne s'agissait que d'observations superficielles. Qui savait ce qu'était la vérité ? Ils avaient des domestiques à demeure : une gouvernante et un homme qui faisait office de jardinier et de chauffeur. Harrison haussa les épaules. Il ne pouvait pas imaginer à quoi ressemblaient les journées de Trish.

Harrison sortit le dossier suivant. Le fils avait suivi les traces de son père. Des universités de premier ordre qui l'avaient amené à acquérir une certaine expérience dans le monde des affaires et, maintenant, dans celui de la politique. Il n'était ni aussi aimé ni aussi détesté que son père, mais il était encore jeune et pouvait basculer d'un côté ou de l'autre, à l'avenir. C'était un homme à femmes. Ice avait inclus une photo de lui en smoking. À chaque bras, il était escorté par une belle femme. Il avait l'air d'être à sa place. Pourtant, une certaine tension se lisait sur ses lèvres. Son regard n'était pas forcément de ceux qu'Harrison appréciait le plus. L'*arrogance*. Comme d'autres, il était né avec une cuillère en argent dans la bouche et s'attendait à ce que tout le monde s'occupe de lui.

Mais que peut-on, honnêtement, attendre d'un beau garçon riche qui n'a jamais eu à travailler de sa vie ?

Lorsque Harrison ouvrit le dossier de la fille, il ne trouva que quelques pages. Il ralentit sa lecture. Quelque chose chez elle avait vraiment attiré son attention. Rien de ce que Richard avait dit n'indiquait ce qui se passait dans son monde. Ils ignoraient toujours si elle avait été kidnappée et, ou, peut-être, assassinée à la suite des agressions de ses parents. Elle avait fait un passage dans l'armée, s'engageant contre la volonté de sa famille. Ils s'étaient, vraisemblablement, disputés à ce sujet. Mais, elle était adulte et s'était engagée, malgré eux.

Elle avait fait son temps, puis était partie. Elle excellait dans la pratique des arts martiaux. Elle ne semblait pas aimer les sports d'équipe, bien qu'elle se soit entraînée depuis son plus jeune âge et bien qu'apparemment, elle ait bénéficié de tous les avantages possibles… Durant toute son enfance, elle avait suivi des cours de tir, de tir à l'arc, d'arts martiaux et, bien évidemment, de toutes les activités artistiques, comme que la peinture et la musique. Pourtant, au final, elle s'était tournée vers l'armée, le nec plus ultra des sports d'équipe. Dans cet univers, elle brillait. Elle avait l'esprit de compétition. Peut-être, s'était-elle enfin libérée des chaînes familiales et avait-elle trouvé sa place.

Jusqu'à ce que quelque chose change. Harrison découvrit

un grand nombre de recommandations, de commentaires élogieux : première de la classe, forte en travail d'équipe et fiable. Mais, au fur et à mesure, qu'il avançait dans sa lecture, il nota une ligne de démarcation, séparant le temps entre un *avant* et un *après*. Un incident avait motivé les remarques ultérieures. *En colère. Indisciplinée. Aucun respect pour l'autorité.* On lui avait conseillé une évaluation psychologique. Zoé avait refusé. On l'avait contrainte à s'y rendre. Elle s'était présentée, puis était partie. Il haussa les sourcils. Il en fallait beaucoup pour faire un pied de nez à l'armée. C'était une sacrée grosse machine à bousculer. Quand cela arrivait, beaucoup de gens étaient impactés. Il ne savait pas ce qui s'était passé, mais il s'était passé quelque chose.

Elle était passée du statut de première de la classe à celui de dernière sur les plans mental, émotionnel et physique. Elle semblait avoir cessé de se soucier des autres ou, peut-être, voulait-elle tellement partir qu'elle était prête à faire n'importe quoi… L'armée n'était pas très douée pour laisser les gens s'en aller.

Harrison poursuivit sa lecture, ne trouvant pas grand-chose de plus. En tout cas, rien qui justifia son comportement actuel. Il était plus fasciné que jamais. Pour dire vrai, elle était appréciée, mais l'autorité était, probablement, devenue trop lourde à porter. Son père n'avait pas dû être facile à vivre. Grandir dans l'ombre n'est jamais une partie de plaisir.

Si elle n'avait pas eu la beauté de sa mère, cela pouvait être un problème aussi. Son frère, Alex, semblait être l'enfant préféré, cela pouvait en être un autre… Harrison voulait la qualifier de pauvre petite fille riche, mais face à son regard sur sa première photo militaire – où elle paraissait si fière, si heureuse – il ne pouvait rien faire d'autre que sourire. Il se souvenait de ses premiers jours dans l'armée. Il savait exactement ce qu'elle ressentait.

Venait ensuite une deuxième photo, celle de son départ, pleine de colère, les lèvres pincées et le regard dur. *Non, pas de la colère. De la violence était en elle, maintenant.* Il secoua la tête. « Que t'est-il arrivé ? » se demanda-t-il.

Zoé avait vingt-sept ans, bientôt vingt-huit. Depuis qu'elle avait quitté l'armée, personne ne savait précisément ce qu'elle faisait. Apparemment, elle se laissait porter par la vie. Elle restait en contact avec sa famille, mais n'avait pas d'emploi fixe. D'après les rapports, elle était chez ses parents, le jour où son père s'était fait tirer dessus. La chronologie des événements était confuse. Personne ne pouvait dire depuis combien de temps elle était présente, ni d'où elle venait, ni si elle était entrée, avait tenté d'éliminer son père et était ressortie. Harrison étudia la photo de son départ de l'armée. Le regard de cette jeune femme. Avec cette colère, elle n'aurait eu aucun mal à tirer sur son père et à s'enfuir. Si, et seulement si, il était sa cible. Harrison doutait qu'elle ait fait ça. Il s'était passé quelque chose au cours de ses années dans l'armée. Il s'était, également, passé autre chose, après, pour que son père se retrouve avec une balle dans la tête et pour que sa mère soit hospitalisée, dans une clinique privée, battue presque à mort.

Harrison ferma les dossiers et éteignit son ordinateur portable, quand les hôtesses de l'air arrivèrent avec des boissons. Regardant par le hublot, il se demanda ce qui avait bien pu arriver à cette famille « parfaite ». Les coups du sort ne semblaient pas se préoccuper de l'argent.

Ils avaient tous été victimes de la fatalité.

Peu après l'atterrissage, Harrison aperçut Foster, qui l'attendait. Voyager était tellement plus facile quand, à la sortie d'un grand aéroport, il se trouvait un visage amical. En arrivant à la limousine, il ouvrit la portière avant et s'installa, côté passager.

— C'est bon de vous revoir, Foster.

Harrison lui sourit.

— Vous aussi, monsieur. Vous êtes seul, n'est-ce pas ? Comment allez-vous ?

— J'ai rendez-vous avec deux recrues à Coronado. Mais je logerai chez Richard.

— Il sera bon d'avoir quelqu'un d'autre autour de la table. Richard a été très occupé ces derniers temps. C'est plutôt calme à la maison.

Harrison pouvait l'imaginer.

— Mais c'est un vaste endroit et il y a toujours du travail ! s'exclama joyeusement Foster. Il se trouve que j'aime le jardinage. Entretenir cette demeure me rend heureux ! Il lança un bref regard à Harrison. Je suis là depuis près de vingt ans maintenant, vous savez ?

— Waouh ! Vous devez être comblé, alors.

— En effet. J'ai emménagé dans le cottage, il y a quelques années. C'est un agréable changement.

Harrison s'adossa au siège, il se cala pour le temps du trajet, dans la circulation dense. Il y avait bien pire dans la vie que d'avoir sa propre petite maison dans un lieu aussi chic.

— Richard n'est pas assez présent pour me donner du souci. Si la maison fonctionne et reste sûre en son absence, il est satisfait.

— Mais qui cuisine ? demanda Harrison. Et comment va réellement Richard ces derniers temps ?

Foster sembla se raidir un peu.

— Je demande ça seulement parce qu'Ice s'inquiète.

Foster se détendit.

— Ce serait bon de la revoir.

— Comme Richard, elle est très occupée. Ils se ressemblent comme deux gouttes d'eau. Ils ont pris des directions opposées, mais ils remplissent tous les deux leur vie en faisant beaucoup de bien autour d'eux.

— Un homme ne peut pas demander plus à ses enfants, déclara Foster.

Harrison réfléchit à cette assertion. Personne sur le domaine n'avait d'enfant. Aucune femme n'était enceinte ou, déjà, mère. Il n'arrivait pas à imaginer l'effet que cela aurait sur leur casernement lorsqu'elles en auraient. C'était sûrement la prochaine étape. Comment pourrait-il en être autrement ? Harrison ignorait si c'était une bonne chose ou non.

Lorsqu'ils atteignirent l'allée, ils constatèrent que les lumières étaient allumées et qu'une voiture était garée devant.

— Richard est à la maison.

Harrison sortit de la voiture, prit son sac sur le siège arrière et se dirigea vers la porte d'entrée. Elle s'ouvrit et Richard apparut. Il était fatigué et semblait un peu plus frêle que la dernière fois qu'Harrison l'avait rencontré. Même si Richard rendait visite à Ice quand il le pouvait et même si Ice se faisait un devoir de venir le voir aussi souvent que possible, le reste du groupe ne le voyait pas beaucoup.

— Tu devrais déménager au Texas, dit Harrison. Nous avons toujours besoin d'un médecin dans l'enceinte de l'hôpital.

Richard rit de bon cœur.

— Peut-être que si des petits-enfants deviennent une possibilité, je l'envisagerai ! répondit-il, mais je ne suis pas encore résolu à prendre ma retraite.

Son commentaire faisait écho à la réflexion qu'Harrison

avait eue plus tôt – des enfants dans le domaine –, il sourit.

— Ce serait intéressant. Je ne peux pas imaginer Ice maman.

— Curieusement, je le peux. Pendant son adolescence, elle gardait toujours les enfants des voisins. Cela arrivera un jour. Mais j'espère que ce ne sera pas tout de suite. Je ne suis pas encore prêt pour cette étape de ma vie non plus.

Richard montra sa chambre à Harrison. Il déposa son sac à côté du lit et suivit Richard dans le salon.

— Des changements dans l'état de Trish ?

Richard secoua la tête.

— Non.

Il y eut quelque chose dans sa voix, avant qu'une émotion fugace ne passe sur son visage. Harrison se demanda ce qui se passait entre ces deux-là. Alors que Richard lui tendait un cognac et qu'ils s'asseyaient devant la cheminée, Harrison ne put s'empêcher de lui demander :

— À quel point connais-tu Trish ?

— Nous avons eu une histoire avant qu'elle n'épouse le sénateur.

Il fit tourner son brandy.

— À l'époque, je faisais mon internat. C'était plutôt difficile à gérer, alors trouver des heures en plus dans ma journée, pour une femme exigeante… Du moins, je pensais qu'elle l'était à l'époque. Je ne gagnais pas assez d'argent pour elle, alors elle s'est mariée.

— C'est une histoire assez banale, murmura Harrison.

— Oui, c'est vrai, confirma Richard en souriant. Mais, l'expérience fait changer les perspectives. En repensant à ces années, je me suis rendu compte que, même si j'avais aimé les revivre, pour lui accorder plus d'attention afin qu'elle reste dans ma vie, ça n'aurait pas été le cas.

— Et si son mari décède ?

Richard soupira et rit.

— Elle est mariée depuis trente ans. Ça ne s'efface pas si facilement.

— Le sénateur la battait-il ?

Richard inspira profondément et expira lentement.

— Je n'en suis pas certain. Je l'ai vue plusieurs fois au cours des douze dernières années. Il n'y a jamais eu d'ecchymoses visibles. Cependant, instinctivement, elle reculait si quelqu'un faisait un mouvement brusque, elle sursautait si on l'approchait par-derrière… Les signes de maltraitance étaient là. Aujourd'hui, les coups qu'elle a reçus l'ont presque défigurée, ils ont pratiquement anéanti son élégance, sa grâce. Si je devais absolument me prononcer, je dirais que c'est probablement une femme qui a fait ça.

Chapitre 3

ALORS QUE ZOÉ retournait aux côtés de Benji, celui-ci resta assis en silence. Il ne jouait pas, il ne chantait pas. Son visage était tendu. Elle jeta un coup d'œil autour d'elle, mais ne nota rien d'anormal.

— Benji, c'est moi.

Il inclina la tête et dit :

— Je sais, ma fille. Tu dois passer ta route.

Elle se figea.

— Pourquoi ?

— Les bruits de pas se sont arrêtés juste à la limite de mon champ d'écoute, chuchota-t-il. Ils sont restés là pendant sept, huit minutes…

Elle plaça une tasse de café devant lui, sortit un sandwich de son sac et le déposa à côté, puis précisa :

— Un café, un sandwich.

— Dieu te bénisse, mon enfant ! Maintenant, va-t'en ! Qui que ce soit, il est de l'autre côté de la rue.

Il tendit la main, trouva la tasse de café et la prit.

— Maintenant qu'ils t'ont trouvée, assure-toi de ne pas revenir !

Elle se redressa et, le cœur lourd, sortit l'autre café de son emballage en carton. Une poubelle se trouvait devant elle. Elle jeta le plateau et continua à avancer. Au carrefour, Zoé s'arrêta, scruta les feux et observa nonchalamment aux alentours. En effet, il y avait quelqu'un sur le trottoir d'en face, vêtu d'un jean, d'un tee-shirt noir, d'un sweat dont la capuche n'était pas relevée, de lunettes de soleil foncées et d'une casquette de base-ball.

Elle renifla à voix haute.

— Comme s'il ne se faisait pas remarquer !

Plusieurs personnes s'arrêtèrent à côté d'elle. Lorsque les feux changèrent de couleur, elle se dirigea vers l'homme qui dérangeait Benji. Elle ne savait pas à qui il en voulait, mais, elle comptait bien l'apprendre. S'il en avait après elle, il allait la trouver. Elle avait appris depuis longtemps à prendre les devants, au lieu d'attendre que l'on s'en prenne à elle.

Elle ne le reconnut pas. Cela ne voulait pas dire grand-chose. Il pourrait s'agir d'un tueur à gages. Elle ne savait pas s'il était lié à l'agression de son père ou au passage à tabac de sa mère.

En la regardant venir vers lui, il se redressa et se recula davantage. Ses yeux étaient ceux d'un prédateur.

Elle n'était pas une proie facile.

Elle contempla la tasse de café chaud qu'elle tenait dans sa main. Elle avait vraiment envie d'en profiter, de ne pas le gaspiller en le lui jetant à la figure… Zoé rechercha d'autres options autour d'elle. Elle n'était pas très douée pour *laisser couler les choses dans la vie*. Elle en avait déjà la preuve. Elle fit glisser le sac contenant les sandwiches le long de son flanc. En s'approchant, elle l'amena sur son poignet et souleva le couvercle du café. Elle pouvait presque entendre Benji, de l'autre côté de la rue, lui intimer : « *Ne fais pas ça, ma fille ! Ne fais pas ça !* »

Elle s'approcha de l'étranger et lui dit :

— Je viens m'assurer que vous n'êtes pas là pour causer des ennuis.

Il fit un pas en arrière et leva les mains.

— Waouh, madame la folle ! Je ne fais rien de mal, là.

Elle sourit.

— Oui, c'est bien de le croire. Partez d'ici et ne revenez pas ! Je vous donne trois secondes pour dégager, après, je vous jette ce café bouillant dessus.

Au lieu de s'en aller, il grimaça et s'avança.

— Je ne reçois pas d'ordres de vous !

Elle ne lui laissa pas trois secondes avant de lui balancer le nectar brûlant en pleine figure. Alors qu'il hurlait, elle tourna les talons et passa devant lui, lui tournant délibérément le dos. Être humilié par une femme, cela ajoutait à l'insulte. Elle se débarrassa du gobelet vide dans une poubelle et continua à marcher, comme si elle n'avait rien d'autre à faire.

Devant l'église, elle s'assit sur les marches, sortit un de ses sandwichs et commença à le manger. Elle le voyait se frotter le visage et jurer. Elle était à une bonne cinquantaine de mètres. Elle l'avait fait. Benji aussi. Aveugle, il pouvait encore repérer les problèmes. C'était très intéressant ! Zoé lui devait une fière chandelle.

C'était quelque chose qu'elle ne pouvait pas se permettre de laisser se reproduire. Les salauds comme ce type... eh bien, le monde était meilleur sans eux. Alors qu'elle grignotait son sandwich, un inconnu s'approcha et s'assit à côté d'elle. Il tenait deux cafés dans ses mains. Il lui en tendit un.

Elle regarda fixement la tasse, puis le nouveau venu. Aucune sonnette d'alarme ne retentit dans sa tête. Pas encore en tout cas.

— Vous n'avez pas peur que je vous le jette au visage ?

— Si vous le souhaitez vraiment, ne vous en privez pas. Cependant, comme je ne vous veux aucun mal, pourquoi le feriez-vous ?

Elle le toisa. Bon sang, elle le désirait, ce café. Elle le prit, enleva le couvercle et se rendit compte qu'il était noir, comme elle l'aimait.

— Qui êtes-vous ?

— Je m'appelle Harrison. Je travaille pour *Legendary Security*.

Elle se figea.

— Ce n'est pas la société de Levi ?

Surpris, il se tourna vers elle, ses grands yeux bleus la considérant. Des yeux en totale contradiction avec le reste de sa personne.

Il acquiesça.

— Comment connaissez-vous le groupe de Levi ?

— Je ne les connais pas. J'en ai entendu parler.

Il opina.

— Levi s'est bien débrouillé.

Elle eut un sourire narquois.

— C'est ce qu'ils disent. Cela ne veut pas dire que je crois tout ce que j'entends.

— C'est une bonne chose. Il enleva le couvercle de sa tasse. Son café était noir, aussi.

Zoé plaça le sien entre ses jambes et termina son sandwich. Elle zieuta l'homme qu'elle avait attaqué. Il était resté contre le mur, la fixant. Pourquoi était-il encore là ? Il devait attendre quelqu'un. Il n'y avait aucune autre raison pour qu'il reste ici. La partie était terminée. Elle parcourut les alentours du regard pour voir qui aurait pu lui venir en aide, réalisant qu'il pouvait facilement s'agir de l'homme à côté d'elle.

— Vous êtes avec lui ?

Harrison s'esclaffa.

— Bien sûr que non ! Si ça avait été moi, vous ne m'auriez jamais vu arriver.

— C'est pour cela que vous m'avez approchée ici ? Pendant que mon attention se portait sur lui, vous pouviez vous faufiler ?

Il secoua la tête.

— Levi n'engage pas d'imbéciles. Il n'a pas de temps pour les échecs.

— Nous sommes d'accord sur quelque chose, marmonna-t-elle.

— Que fait Zoé Branson, dans la rue, en utilisant un aveugle comme système d'alarme ?

Elle se raidit. Elle ne savait pas qui était ce Harrison. Qu'il connaisse son nom la faisait réfléchir à ses différentes options… Traverser la rue en courant et disparaître dans la ruelle la plus éloignée ? Mais, il avait l'air en forme et il était fort possible qu'il puisse la rattraper.

Lui jeter le café chaud à la figure et s'enfuir ? Mais, elle se disait qu'il lui courrait probablement après.

Utiliser quelques tactiques d'arts martiaux, sauter la balustrade et prendre le large ? Mais, elle se doutait qu'il avait ses propres techniques.

Elle considéra la dernière bouchée de sandwich qui lui restait. Il avait désormais un goût de sciure. Décidant qu'elle avait besoin d'énergie quoi qu'il en soit, elle le termina, mâchant longuement, puis regarda le sandwich encore dans son sac.

— Qui êtes-vous vraiment ?

— Je m'appelle vraiment Harrison. Et je travaille réellement pour *Legendary Security*.

— Comment m'avez-vous retrouvée ? Pourquoi vous préoccupez-vous de moi ?

— Je ne sais pas… Parce que je suis payé pour ?

Son ton était distant, mais son humour omniprésent. Ça la choquait. Elle n'avait pas eu de raison de rire depuis si longtemps…

— D'ailleurs, je n'ai pas eu beaucoup de mal à vous trouver. C'est ma spécialité et je suis sacrément doué.

Elle envisageait de nouveau de le frapper, lorsqu'il se retourna, la transperçant de ses yeux bleus, il lâcha :

— Sincèrement, je suis ici pour le bien de ta mère.

Cela la fit taire. Dieu qu'elle avait été paniquée en apprenant l'état de sa mère ! Comment cet homme pouvait-il le savoir ? Pouvait-elle le croire ?

— Comment va-t-elle ?

— Elle est consciente par intermittence. J'ai cru comprendre que les dommages étaient graves, mais que son pronostic vital n'était pas engagé.

— Je ne sais même pas où elle est, murmura-t-elle.

Sa peine s'entendait dans sa voix. Elle devait se méfier de ses émotions. La dernière chose qu'elle souhaitait, c'était que l'on sache que sa mère était son talon d'Achille.

Harrison tendit sa main, paume vers le haut.

— Je peux t'emmener la voir si tu veux.

Zoé fixa cette main et se questionna. Mettre sa main dedans ? Cela signifierait lui faire confiance. Accepter la paix… C'était extrêmement symbolique. Il lui en demandait beaucoup. Harrison semblait en savoir beaucoup sur elle, alors qu'il restait un total étranger pour elle.

Avec des mouvements très enfantins, Zoé posa ses mains sur la marche et s'assit dessus. Il rit à gorge déployée. Elle sut qu'il comprenait parfaitement ce qu'elle avait fait et pourquoi.

Mais il laissa sa main où elle était et ajouta :

— Quand tu seras prête.

— Bon sang, non !

Elle secoua la tête.

— Je ne suis pas idiote.

— Tu ne l'es pas, mais tu as des ennuis.

— Non, ce n'est pas vrai.

Le coin de sa bouche tressaillit et, d'une voix chantante, il répondit :

— Si, si.

Elle s'affaissa.

— Je ne peux pas y aller. Quelqu'un pourrait me suivre et lui faire du mal. Personne ne doit savoir où je suis.

— Je n'ai pas dit que quiconque saurait où tu iras. J'ai juste proposé de t'emmener voir ta mère.

— Et ensuite ?

— Ensuite ? Je peux te ramener sur les marches de cette église, si c'est ce que tu veux.

— Comme si j'allais te faire confiance !

Son sourire, lorsqu'il se dessina, fut lent et doux.

— Tu devrais faire confiance à quelqu'un. Tu ne peux pas rester seule pour le reste de ta vie.

— Si ! dit-elle, en reprenant sa voix enfantine.

Il gloussa.

— Tu pourrais essayer. Mais tu n'es pas comme ça. Il y a beaucoup de colère en toi. Peut-être même de la haine. Je ne sais pas trop ce qui s'est passé pour que tu deviennes celle que tu es aujourd'hui, mais celle que tu étais il y a quelques années, elle ne voulait pas être seule. Elle ne cherchait pas à tracer sa route en solitaire, tout en donnant des coups de pied dans les pneus au passage. Celle-là, c'était plutôt une globe-trotteuse, aimant les plages, le soleil, les palmiers, peut-être même, danser avec le vent, une fleur dans les cheveux.

Elle le considéra, surprise.

— Que sais-tu de qui j'étais et de qui je suis ?

— J'ai lu un dossier sur toi.

— Tu n'as pas vu tout le dossier ! lança-t-elle, dégoûtée.

— Non, c'est vrai. Mais je peux lire entre les lignes. Tu étais militaire. Heureuse dans un monde où tu excellais. Tu étais la première de ta classe et tu pouvais faire un pied de nez à ton père ; cet homme dont tu désirais plus que tout t'éloigner, pour toujours.

Harrison tourna la tête pour la dévisager.

— Alors, comment je m'en sors ?

Zoé réagit en croisant les bras sur sa poitrine et en s'appuyant contre la rambarde de l'escalier. D'un ton désabusé, elle répondit :

— Bof. Tu sais lire. Ce que tu vois maintenant, c'est la riche salope malheureuse. Tu ne me connais pas. Tu ne sais rien de moi.

— Je sais qu'une injustice a été commise. Je sais que tu n'as pas pu lutter contre. Je ne sais pas si c'est arrivé à quelqu'un de proche ou si ça t'est arrivé personnellement. Mais cet événement t'a transformée. Son ton était bas, compatissant. C'était grave. Traumatisant. À l'époque, tu t'es sentie complètement abandonnée. Tu en es, encore, au stade de la colère. Si tu continues comme ça, tu passeras bientôt à celui de la dépression. La dépression est une colère qui n'a pas d'exutoire.

— Comment sais-tu que je n'en suis pas déjà là ? s'emporta-t-elle, détestant sa peur qui grandissait.

Comment avait-il pu comprendre, si vite, qui elle était et ce qu'elle faisait ? Elle ne savait pas comment réagir. Tant de haine était en elle, bouillante, ne menant nulle part. Son regard se rétrécit tandis qu'il l'étudiait. Puis il sembla se décider. Il se leva, son café dans une main, l'autre toujours ouverte, d'une manière rassurante, mais insistante.

— Marchons ! déclara-t-il.

Elle secoua la tête.

— Ce n'est pas le moment de jouer. Ton ami est sur le point d'avoir de la compagnie.

— Je m'en fous ! dit-elle d'une voix basse, mordante. Tu peux retourner d'où tu viens. Laisse-moi tranquille ! Je vais m'occuper de ces connards. Ne t'inquiète pas !

Harrison acquiesça.

— Je te crois. Mais à un moment donné, tu pourrais te retrouver en infériorité numérique. Et... Ce moment, c'est maintenant.

Elle jeta un coup d'œil en coin en direction de l'homme sur lequel elle avait balancé son café. Ils étaient quatre à présent. C'étaient tous des voyous, costauds, durs à cuire. Elle évalua la situation et réalisa qu'elle était dans la merde.

D'une voix sans appel, Harrison ajouta :

— Maintenant !

Elle se leva, mais ignora sa main.

— Je te suggère fortement d'avoir l'air d'être avec moi et non contre moi. Parce qu'ils s'approchent de nous en ce moment même.

Instinctivement, elle lui saisit la main. Il l'aida à descendre les dernières marches. Alors qu'ils se retournaient pour partir, elle dit :

— Nous ne pouvons pas courir. Si nous le faisons, ils continueront, toujours, de nous suivre.

Il lui fit face, perplexe.

— Ils le font déjà. Qu'est-ce que ça changerait ?

Contrariée, elle marcha à ses côtés. Zoé ne voulait pas analyser ce qu'Harrison venait de dire. La vérité resta en suspens.

Plusieurs mètres devant eux, deux autres hommes, sacrément musclés, émergèrent d'un parking et s'avancèrent, dans leur direction, sur leur trottoir.

Zoé se figea. Harrison la poussa doucement vers l'avant.

— Ils sont avec moi.

Instinctivement, elle sentit son cœur et son esprit se détendre, considérant presque cette situation comme normale. Était-ce une bonne chose ? Si l'on prenait en compte le fait que quatre hommes étaient à sa suite, c'était une très bonne chose. Maintenant, les chances étaient équitables. Et Zoé parierait sur Harrison, n'importe quand.

Elle évalua les deux hommes qui avançaient face à elle. L'un avait des cheveux si blonds qu'ils apparaissaient d'un blanc immaculé et l'autre possédait une force indescriptible. Il était mince, mais il avait ce regard féroce de quelqu'un qui semble enraciné. Ils étaient tous les deux grands. Eh bien qu'elle ait utilisé le mot « *mince* », il était évident qu'ils ne l'étaient absolument pas.

— Qu'est-ce que vous mangez ? Vous êtes tous gigantesques ! ne put-elle s'empêcher de déclarer sur un ton rancunier.

Des années passées à subir les mauvais traitements de tous ceux qui l'entouraient, en particulier dans l'armée, lui avaient permis de comprendre à quel point la stature conférait un avantage indéniable. Et elle n'en bénéficiait pas.

Harrison s'esclaffa et répondit :

— Tous les jours, tout ce que nous voyons !

— Je veux bien le croire.

Elle voulut tourner la tête pour surveiller les poursuivants.

— Pas la peine. Ils nous suivent toujours. Ils s'arrêteront

dès que nous aurons rejoint ces deux-là.

En s'approchant, les deux hommes saluèrent Harrison d'un signe de tête, puis tournèrent leur regard vers Zoé. Arrivés à leur hauteur, les hommes d'Harrison se positionnèrent, un de chaque côté d'eux, de sorte qu'ils marchaient, dorénavant, à quatre de front.

Elle renifla.

— Oui, d'accord, c'est la testostérone multipliée par trois.

Harrison lui serra doucement les doigts et lui confia :

— C'est comme ça. Tu peux taper sur mère Nature autant que tu le veux. Cela ne changera rien. Tu seras toujours une femme et cela implique certaines limites physiques.

— Cela ne veut pas dire que je doive me la couler douce, marmonna-t-elle.

Elle se demanda pourquoi seuls les hommes *parfaits* étaient des connards *parfaits*.

— Qu'est-ce qu'il y a ? Tu as toujours voulu être le fils à papa ?

— Comme si c'était possible. D'ailleurs, il en a déjà un.

— Tu sais que tu parles comme une sale gosse, n'est-ce pas ?

— Finalement, tu n'es pas si malin ! s'emporta-t-elle.

Avant qu'elle ne s'en rende compte, elle fut conduite à une Jeep. Pas une Jeep militaire, une Jeep banalisée, noire, à quatre portes.

— Je croyais que seules les femmes branchées utilisaient ce type de véhicule pour trimbaler leurs enfants. Ça ne ressemble pas à ce que vous conduiriez, vous autres.

— Allez, sois gentille ! lança Harrison en ouvrant la portière côté passager. Monte !

Zoé énonça, provocante.

— Et si je ne le fais pas ?

L'un des hommes, à côté d'eux, avança d'un pas. Elle fit volte-face et prit une position de combat.

— Essayez voir !

Harrison poussa un petit soupir.

— Plus tard dans la journée, je ferai volontiers quelques rounds avec toi pour que tu puisses t'apaiser. Mais, de préférence, dans un dojo ou dans une salle de musculation. Ces hommes ne sont pas là pour te faire du mal.

Elle se redressa lentement et lui lança un regard dubitatif, puis se hissa sur le siège passager.

Il claqua la porte et leva les yeux vers les deux autres.

— Je conduis. Vous, vous vous asseyez à l'arrière. Il se dirigea vers le siège du conducteur, ouvrit la portière, monta à bord et mit le contact.

— Où sont passés les quatre autres connards ?

— Dans le caniveau, dit-il à voix basse. Ne t'inquiète pas ! S'ils réapparaissent, nous nous en occuperons.

— Sais-tu qui ils sont ?

— De gros bras. Mais à part ça, non. Et non, je ne sais pas qui les a engagés ni ce qu'ils te veulent.

— Je le sais, murmura-t-elle. Si on en arrive là, je les tuerai avant qu'ils ne m'attrapent vivante.

À CES MOTS, Harrison se figea. Il se tourna pour étudier son visage. À son regard déterminé, à sa mâchoire serrée, il sut que Zoé ne plaisantait pas.

— Nous n'en arriverons pas là.

Elle lui lança un regard noir.

— Mais si c'est le cas…

— Alors je les abattrai tous. Mais, c'est moi qui le ferai,

pas toi.

Il enclencha la marche arrière de la Jeep. Il pouvait l'entendre grommeler à côté de lui. Il savait que les hommes, assis sur la banquette arrière, la trouvaient également intéressante. Elle n'était certes pas une femme standard. Elle travaillait dur pour donner le change. Mais, elle était terrifiée. Une fois qu'il s'en était rendu compte, il avait ignoré tout le reste.

Il connaissait le chemin menant à la clinique. À l'époque, il avait été l'un des gardes veillant sur Levi. Cela dit, Harrison devait quand même prévenir Richard de leur arrivée. Il lui envoya rapidement un message, s'engagea dans la circulation et, au cas où ils seraient suivis, prit une route très détournée.

Lorsqu'ils s'arrêtèrent à l'arrière de la clinique et se garèrent sur le parking privé, rien ne laissait supposer qu'ils aient pu être suivis. Il sortit et attendit que Zoé descende. Il s'approcha d'elle et lui intima :

— Pendant que nous sommes ici, ne parle à personne ! Compris ?

Elle lui jeta un regard incertain, puis hocha la tête.

— Pourquoi ma mère est-elle ici ? Dans une clinique privée ?

— Parce qu'elle a des amis, de bons amis. L'un d'entre eux a tiré quelques ficelles.

— Oh ! fit-elle d'une petite voix. Tant mieux.

Il l'emmena devant l'entrée située à l'arrière. Harrison connaissait le code de la porte. Il serait modifié avant leur départ ou à la fin de la journée. Il savait aussi que le service de sécurité serait au courant de leur entrée et que leurs caméras seraient braquées sur eux dès maintenant.

Harrison les conduisit jusqu'à l'ascenseur de service,

l'appela. Ils montèrent dedans tous les quatre. Il appuya alors sur le bouton du troisième étage. Lorsque les portes s'ouvrirent, deux hommes se tenaient sur le côté. Harrison les salua d'un signe de tête, ils l'imitèrent en retour.

Zoé était effrayée.

— À quel point, ma mère, est-elle mal en point ? Pourquoi est-elle sous bonne garde ?

— Tu connais la réponse à la dernière question.

Elle se tut.

Elle faisait de son mieux pour rester forte et tenir bon. Harrison doutait du fait qu'elle ait la moindre idée des dommages que tout cela causait à son psychisme.

Alors qu'ils s'approchaient d'une salle située sur la gauche, Richard s'avança depuis le bureau principal situé à l'autre bout du couloir. Il leur fit un signe de tête et dit :

— Bonjour, Zoé !

Elle leva les yeux vers lui et lui demanda :

— Est-ce que je vous connais ?

Richard sourit.

— Cela fait quelques années déjà. Je suis un ami de votre mère.

Elle comprit.

— Vous êtes le docteur ?

Zoé se tourna vers Harrison.

— Tu as raison. Ma mère a de bons amis.

Elle fit face à Richard et sourit.

— Ça fait longtemps. Merci beaucoup de prendre soin de ma mère !

— Tout le plaisir est pour moi. Je suis désolé qu'elle soit aussi gravement blessée. J'ai besoin de l'ausculter avant que vous n'entriez.

Il lui expliqua rapidement l'état de sa mère.

— Je ne sais pas si elle est consciente, si elle reconnaîtra votre voix. Il est essentiel qu'elle ne soit pas bouleversée. Trish est ma patiente, elle est sous ma responsabilité. C'est pourquoi, après que je l'ai examinée, Harrison et moi entrerons dans la chambre avec vous. Si votre présence la trouble, il viendra vous chercher et vous sortira de là.

Son regard se rétrécit lorsqu'il ajouta :

— Vous me comprenez ?

Zoé acquiesça.

— Je ne ferai jamais rien qui puisse faire du mal à ma mère.

Richard l'étudia pendant un long moment, puis hocha la tête.

— Je vous crois, mais on n'a pas toujours conscience du pouvoir de nos mots, ils peuvent blesser… C'est pourquoi je vous répète qu'il est très important qu'elle ne soit pas bouleversée.

Harrison la regarda essuyer ses paumes humides sur son pantalon et sentit la peur émaner d'elle. Il lui prit le bras.

— Prête ?

Zoé inspira profondément et opina, puis observa les deux autres hommes, qui accompagnaient Harrison, se poster de part et d'autre de la porte de sa mère.

Richard l'ouvrit et entra, la refermant doucement derrière lui. Quelques instants plus tard, il les fit venir. Zoé entendait les bips des moniteurs résonner dans la chambre silencieuse. Loin du cliché des chambres d'hôpital, celle-ci ressemblait pratiquement à un salon. Il y avait bien un lit médicalisé, mais il était recouvert de couvertures de couleurs vives. Il y avait également un canapé sur le côté et une grande baie vitrée remplie de fleurs. Il y avait même un joli petit tapis, qui avait été placé au sol à côté du lit de sa mère. Si

Trish se réveillait et souhaitait se déplacer, ce serait confortable sous ses pieds nus.

Le regard de Zoé se posa sur sa mère. Elle sursauta, sa main se plaqua sur ses lèvres pour contenir ses pleurs. Harrison vit les larmes monter aux coins de ses yeux.

Comme le pensait Harrison, sa réaction venait de lui confirmer qu'elle n'était pas responsable du passage à tabac de sa mère. Richard s'inquiétait qu'une femme ait fait ça – et c'était toujours possible –, mais ce n'était certainement pas Zoé.

Zoé resta, sur place, à fixer la scène pendant un long moment, puis elle s'avança lentement au chevet de sa mère. Soudain, elle se mit à genoux et posa sa joue contre le bras de sa mère.

Un moment poignant.

Sachant que les laisser seuls avec Trish ne représentait aucun danger, Richard remercia Harrison d'un sourire discret et sortit.

Harrison restait vigilant. Il s'interrogeait. Qu'est-ce qui avait bien pu amener ces deux femmes à vivre ce moment si improbable ?

Chapitre 4

Zoé RELEVA LA tête. Elle se pencha vers sa mère, l'embrassa doucement sur la joue et lui susurra :

— Accroche-toi, maman ! Je reviendrai.

Elle s'éloigna, chassa les larmes de ses yeux et quitta la chambre, passant, sans les voir, devant les deux sentinelles postées à l'extérieur.

Harrison l'accompagna. Dans le couloir, Zoé chercha les toilettes, les trouva sur la gauche près de la chambre de sa mère et s'y dirigea directement. Elle vérifia si Harrison l'avait suivie, mais il était resté devant la porte, parlant à ses hommes. Voir sa mère dans cet état, broyée, meurtrie et inerte, lui avait brisé le cœur.

Trish avait toujours été là pour elle. Elle n'avait peut-être pas les réponses que Zoé attendait, mais sa mère avait toujours un câlin et un mot gentil pour elle. C'était parfois frustrant, car Zoé voulait agir, alors que sa mère ne faisait qu'accepter les situations. Sa mère n'arrêtait pas de dire qu'elle avait déjà vu tellement de choses dans sa vie que plus rien ne la surprenait. Qu'elle n'aimait pas ça, mais qu'on ne pouvait pas lutter contre tout. C'était assez vrai. Mais, Zoé savait aussi que, parfois, il fallait vraiment se battre, parce que l'alternative était trop dévastatrice.

Dans les commodités, Zoé se passa rapidement de l'eau froide sur le visage, se moucha et utilisa les toilettes. Après s'être lavée les mains, elle se contempla dans le miroir en pensant à ce qui s'était passé. Harrison avait vu juste quand il avait dit qu'elle était en fuite. C'était le cas. Elle fuyait sa vie. Elle fuyait son passé. Courir pour échapper à sa famille. Et voilà le résultat ! Elle baissa la tête, sentant ses larmes se remettre à couler. Elle aurait aimé s'enfermer dans des w.c., s'y cacher et pleurer.

Mais, si elle ne sortait pas bientôt, elle savait pertinemment qu'Harrison entrerait et ouvrirait toutes les cabines jusqu'à ce qu'il la trouve. Il était comme une présence indomptable. Elle ne savait pas d'où il venait. Bien sûr, il était facile de se contenter de penser *Legendary Security*. Peu importait ce que ça voulait réellement dire. Il avait été engagé pour la retrouver. Pourquoi ? Elle redressa ses épaules, fixa son reflet et chuchota :

— Il est grand temps que tu le découvres.

Elle serra les poings et sortit des sanitaires à grands pas. Toute sa volonté et sa rage s'envolèrent dès qu'elle aperçut Richard. Il se retourna pour la regarder et, avec son doux sourire, lui déclara :

— Zoé, je suis désolé qu'elle n'ait pas été réveillée.

Instantanément, elle redevint cette petite fille, dans les bras de sa mère. Elle approuva en silence.

— Puis-je revenir la voir ?

Richard acquiesça.

— Bien sûr. Mais, en raison des protocoles de sécurité qui règnent ici, nous avons besoin d'être prévenus avant.

— Dans ce cas, puis-je avoir votre numéro de téléphone ?

Il sortit son portefeuille, y plongea la main et lui tendit sa carte.

— Appelez-moi ! Je peux tout organiser en fonction de

ce dont vous aurez besoin à ce moment-là.

— Merci.

Harrison s'approcha d'elle, lui passa doucement un bras autour de l'épaule et dit :

— Merci de nous avoir laissés entrer, Richard.

— C'était certainement la meilleure chose à faire pour Trish aussi. Peut-être que la prochaine fois, elle sera réveillée.

Avec un doux sourire, il fit demi-tour et se dirigea vers son petit bureau.

Harrison mena Zoé à l'ascenseur. Ses compagnons les escortant, de nouveau. Elle voulait les insulter, les virer, se débarrasser du sentiment qu'ils étaient là pour veiller sur elle. C'était son ressenti. Et, elle détestait cette situation. En même temps, ça l'inquiétait. Avait-elle réellement besoin de leur protection ?

Ou s'agissait-il de l'empêcher de partir ? De l'emmener là où elle refuserait d'aller ? Elle était peut-être capable de se battre contre l'un d'entre eux, mais pas contre les trois. Ils avaient l'air d'être sacrément doués dans ce qu'ils faisaient.

Une fois dehors, elle prit une grande inspiration et demanda :

— Quand vais-je pouvoir quitter cette prison ?

Harrison se tourna vers elle. Comme elle refusait de le dévisager, il lui souleva le menton pour la forcer à le faire.

Zoé lui lança un regard noir, souhaitant le frapper, mais sachant qu'elle ne s'y prendrait pas comme il fallait.

— Ai-je déjà dit que tu n'étais pas libre ?

— Pas avec autant de mots, répondit-elle, amusée.

Il la contempla.

— Alors peut-être peux-tu te détendre un peu.

Elle secoua la tête.

— Sais-tu depuis combien de temps je n'ai pas pu le

faire ?

— De qui as-tu peur ?

Elle se tut et le fixa, le visage volontaire. Il soupira.

— On en revient à ce problème de confiance.

Zoé haussa les épaules.

Harrison lui indiqua la Jeep.

— Où veux-tu aller ?

— Là où tu m'as interceptée.

Il avait l'air de vouloir protester.

— Tu m'as dit que je n'étais pas prisonnière, s'emporta-t-elle.

Il céda dans un souffle.

— Très bien, allons-y !

Zoé ne lui faisait pas confiance, elle prit place à l'avant de la Jeep et attendit. Ses deux hommes, silencieux, se glissèrent, comme toujours, à l'arrière. Le trajet fut beaucoup plus rapide cette fois-ci, ce qui lui fit réaliser qu'Harrison avait emprunté une route longue et sinueuse pour se rendre à l'hôpital. S'ils avaient été suivis, leurs poursuivants auraient été semés. Peu importait. Elle ne pouvait gérer qu'un nombre limité de choses à la fois. Elle dirait à Benji qu'elle devait aller de l'avant, maintenant que quatre voyous étaient à ses trousses, mais qu'elle lui apporterait de la nourriture et du café d'une manière ou d'une autre.

Harrison conduisit jusqu'aux marches de l'église et se gara.

— Voilà !

Zoé lui jeta un regard incrédule, ouvrit la portière et sortit en sautillant. Elle la referma rapidement.

La Jeep ne bougea pas, les hommes discutant à l'intérieur. Elle secoua la tête. Elle ne pouvait pas partir avant que ces types ne le fassent. Elle pensa à son sandwich. Elle s'assit et le considéra. Elle n'avait pas faim. Mais, elle avait besoin d'énergie, elle devait se sustenter. Ce qu'elle désirait, surtout, c'était que ces hommes disparaissent.

Lorsque la Jeep démarra, Zoé poussa un soupir de soulagement. En levant la tête, son soulagement se transforma en colère. Harrison s'était approché et s'était assis à côté d'elle sur les marches. Il lui montra le sandwich et lui demanda :

— Tu vas le manger ?

Elle ouvrit la bouche et la referma, puis marmonna :

— Peut-être.

— Je m'étais dit que c'était pour Benji.

Elle se raidit.

— Tu ferais mieux de ne pas t'approcher de Benji, le prévint-elle.

Il répondit, perplexe :

— T'ai-je fait du mal ? Qu'est-ce qui te fait penser que j'en ferais à Benji ?

Elle se recroquevilla, sans répondre.

— Tu sais, je pense que tu as trop longtemps considéré tout le monde comme un ennemi. Tu ne sais plus comment reconnaître un ami.

— Ah bon ? Tu es un ami ?!

— Je pourrais l'être. Mais tu es comme un porc-épic. Si tu n'es pas nourrie, tu deviens un chat sauvage.

Pour une raison inconnue, ça lui fit mal.

— Ce n'est pas juste.

— Non, probablement pas, dit-il calmement. Je pense que lorsque tu décides enfin que quelqu'un est ton ami, tu le défends jusqu'à la mort, s'il le faut. Mais tu ne laisses personne s'approcher de toi, parce que tu crains d'être blessée.

Surprise, Zoé l'observa.

— Tu es une sorte de psy, maintenant ?

Harrison précisa :

— Non, mais j'ai été dans l'armée pendant longtemps. J'ai vu des choses qui pourraient briser le cœur et l'âme de n'importe qui. J'en suis sorti. Mais, le monde n'a pas changé. Les gens non plus.

Elle pensa à tout ce qu'elle savait sur l'armée, puis à tout ce qu'elle avait vu depuis qu'elle l'avait quittée, et réalisa qu'il avait raison.

— Parfois, je déteste les gens.

— Tout à fait d'accord. Mais nous devrions être sûrs de ceux que nous détestons.

— Pour l'instant, je déteste les gens, en général.

— C'est ton cœur qui parle. C'est ta colère qui cherche un exutoire. Plus tu ratisses large, plus tu as plus de chances de trouver quelqu'un à frapper ou à abattre, en sachant cela juste. La haine a une voie, un chemin, un but. Mais, quand tu regardes d'un peu plus près l'humanité, tu découvres des gens bien. Et, là, leur faire du mal ne se justifie pas.

— Tu ne sais rien de moi !

Zoé se leva d'un bond et marcha dans la rue, le pas lourd et rapide. Harrison la rattrapa sans problème, il était plus grand qu'elle et ses jambes bien plus longues.

— Va-t'en !

— Non, je ne ferai pas ça.

Elle s'arrêta et lui fit face.

— Pourquoi pas ? Pourquoi es-tu encore avec moi ? Qu'est-ce que tu veux ?

— La vérité. Et puis, peut-être, un peu de coopération.

Son visage s'assombrit. Elle lui lança un regard suspicieux.

— La vérité sur quoi ? Et pourquoi réclames-tu ma coopération ?

— Tu peux tenter de me pousser à bout. Tu peux être aussi sarcastique et désagréable que tu le souhaites. Tu peux être aussi piquante qu'un cactus. Je m'en fiche. Tu ne peux pas me repousser.

Frustrée et en colère, Zoé lui tourna le dos. Le sac à sandwich s'écrasa contre sa cuisse.

— Tu sais, tu peux donner ce sandwich à Benji et nous pourrions aller manger dans un endroit sympa.

Elle renâcla et continua à descendre la rue.

— Nous pourrions aussi aller chez un ami où tu pourras avoir ta propre chambre, une douche et éventuellement mettre des vêtements propres, si tu en as. Un endroit où tu seras en sécurité pendant que tu t'occupes de tout ça.

Elle refusa.

— Impossible.

— Quelqu'un t'a prise en chasse ?

Son dos se raidit, mais elle refusa de répondre.

— Est-ce la même personne qui a tiré sur ton père et battu ta mère ?

Zoé sursauta et accéléra. Elle courait presque. Harrison lui donna un coup de coude, ce qui la fit s'arrêter.

— Si tu as besoin de courir, ce n'est pas un problème, mais je préférerais vraiment enfiler mes baskets d'abord. Si tu veux t'attaquer à un 10 ou même à un 20 km, je suis partant. Je n'ai pas couru 20 km depuis longtemps, l'exercice me ferait du bien.

Elle haletait maintenant et ne savait pas que dire, à part :

— Laisse-moi tranquille !

Sa voix s'adoucit et il lui caressa la joue.

— J'ai bien peur que cela ne soit pas possible.

Elle leva les yeux vers lui, sa lèvre inférieure tremblait.

Elle la mordit fortement et murmura :

— Pourquoi ça ?

Harrison lui rétorqua dans un tendre sourire :

— Parce que… je ne suis pas sûr de pouvoir le faire.

COMMENT DIABLE CELA s'était-il produit ? Harrison comprenait son incrédulité. Bon sang, il tenait à elle. Son travail consistait à la retrouver. Il l'avait fait. Mais la quitter… c'était quelque chose qu'il ne pouvait imaginer.

Était-ce ce que ses amis avaient vécu ? Il consulta sa montre. Moins d'une heure s'était écoulée, il se rendit compte qu'il était dans le pétrin. Il pensait que les sentiments devaient se développer lentement. Le désir et la passion s'appuyant sur une amitié sincère. Il ne savait pas exactement ce qu'il ressentait en ce moment. Il ignorait comment l'appeler. Il n'arrivait pas à croire qu'il existait un nom pour ça. Mais, alors qu'il se tenait là et la contemplait, il se rendit compte que tout ce qu'il avait dit était vrai.

Il ne pouvait se résoudre à la quitter.

Zoé ouvrit la bouche et la referma. Après lui avoir lancé un regard furieux, elle recula et articula :

— Je ne comprends pas.

Toujours soucieux de faire preuve d'honnêteté et de franchise, il avoua.

— Moi non plus.

Harrison regarda autour de lui : les gens marchaient dans la rue, des sans-abris attendaient pour obtenir un héberge-ment. La journée de travail était terminée, la soirée commençait.

— Je suggère que nous trouvions un endroit où nous asseoir et prendre un repas chaud. Apporte ce sandwich à

Benji et allons-y !

Zoé étudia Harrison pendant un long moment, puis acquiesça lentement.

— D'accord, juste un dîner, prévint-elle d'une voix dure.

Il lui adressa un sourire aussi doux que possible.

— Je ne suis pas connu pour battre, violer ou faire quoi que ce soit avec une femme, contre sa volonté.

Ses épaules s'affaissèrent.

— J'en fais trop, n'est-ce pas ?

Harrison secoua la tête.

— Non. Tu fais comme tu peux.

— Bien, dit-elle aussi calmement que possible. Je ne veux pas gâcher ce sandwich. Alors, tu as raison. Donnons-le à Benji !

Ensemble, ils traversèrent la rue et descendirent le pâté de maisons jusqu'à l'endroit où l'aveugle était assis, grattant doucement sa guitare.

— Heureux que tout se soit arrangé, ma fille !

Zoé rit.

— Pour l'instant. Il est encore trop tôt pour l'affirmer. Elle posa le sac contenant le sandwich contre son genou. Un autre sandwich pour toi. Ce type va m'inviter à dîner.

Benji pencha la tête et analysa Harrison. Puis il hocha la tête avec sagacité.

— Tu seras en sécurité avec lui.

Harrison croisa les bras sur sa poitrine, observa et attendit. Zoé se pencha et embrassa doucement Benji sur la tempe.

— Je te verrai demain.

Benji secoua la tête.

— Peut-être que oui, peut-être que non.

Elle se redressa et fit un signe de tête à Harrison. Ils reprirent leur marche. À l'angle suivant, elle demanda :

— Où allons-nous ?

— Nous pouvons aller dîner quelque part ou aller chez Richard.

— Non ! Ce serait trop s'imposer.

— Je me doutais que tu dirais cela, répondit-il. Et ce *steak house* là-bas ?

— Du steak ? Je n'en ai pas mangé depuis des lustres !

— Une raison particulière ?

— L'argent, répondit-elle simplement.

— Et moi qui pensais que tu étais une fille riche, se moqua-t-il.

— Lorsque la vie bascule, on ne gaspille pas d'argent dans des frivolités comme dîner d'un steak. Les sandwichs permettent de survivre plus longtemps. Ignorant, complètement, si je vais trouver un emploi, un abri… Je ne peux pas jeter par la fenêtre le peu que j'ai. Je dois tout économiser.

— Compris.

Ils marchèrent en silence jusqu'à l'entrée du *steak house*. Harrison lui ouvrit la porte. Zoé considéra son legging et son tee-shirt sales et grimaça.

— Ils ne me laisseront peut-être pas entrer.

— Alors nous irons ailleurs.

Il s'approcha de l'hôtesse et demanda une table pour deux. L'hôtesse lui sourit et ne sembla même pas remarquer ce que portait Zoé. Ce qui lui convenait.

Lorsqu'ils furent assis à une table, près de la fenêtre, il la regarda et sourit.

— Tu t'es inquiétée pour rien.

— Non, dit-elle. L'hôtesse était sous ton charme. Elle ne m'a pas jeté un seul coup d'œil.

Il s'esclaffa.

— J'utilise tout ce qui marche !

Leur serveuse s'approcha avec des menus et les consulta pour savoir s'ils désiraient, ou non, quelque chose à boire. Ils refusèrent tous les deux et commandèrent un dîner. Le silence s'installa entre eux.

Harrison voyait bien que Zoé évitait de lui parler. Elle scrutait les clients, observait le motif du carrelage, surveillait les allées et venues du personnel. Il attendit. Il jouait à ce jeu depuis bien plus longtemps qu'elle.

Elle lui lança un regard et lui demanda d'une voix irritée :

— Pourquoi m'observes-tu comme ça ?

— Parce que j'aime ça.

Il eut envie de rire lorsque le regard de la jeune femme s'intensifia. Son téléphone sonna.

— Excuse-moi ! Il faut que je décroche.

Il se leva et se dirigea vers les toilettes pour avoir un peu plus d'intimité et ne pas déranger les autres clients.

— Levi, quoi de neuf ?

— C'est ce que je te demande. Saul et Dakota ont fait leur rapport. Ils ont dit qu'ils vous avaient laissés en ville. Sur les marches d'une église. Puis, qu'ils vous avaient suivi jusqu'à un restaurant ?

Harrison répondit :

— Oui, c'est exact. Je suis avec elle en ce moment. Je l'ai emmenée dîner. Elle a l'air d'être affamée, perdue et seule. Je pense qu'elle est en fuite depuis qu'elle a quitté la maison de ses parents. Elle ne parle toujours pas. Je ne peux donc pas t'expliquer son comportement. Je l'ai emmenée à la clinique pour qu'elle puisse voir sa mère. Il est plus qu'improbable qu'elle soit responsable de ses blessures.

Levi poussa un grand soupir de soulagement.

— Eh bien, c'est déjà ça !

— Des nouvelles ?

— Rien en dehors du fait que l'état de santé du sénateur s'est encore dégradé. Ils craignent des lésions cérébrales.

— Des nouvelles du frère ? demanda Harrison.

— Non. Lui as-tu parlé de lui ?

— Non. Elle est vraiment en colère, mais surtout, elle a peur. Je ne sais pas pourquoi elle fuit ni ce qu'elle fuit.

— Il est temps de le découvrir. Levi raccrocha.

Facile à dire. Harrison rangea son téléphone et retourna s'asseoir. Ce n'était pas vraiment un interrogatoire. Un seul geste malheureux de sa part et elle s'enfuirait.

Zoé releva la tête en le voyant et sourit.

— Pas d'ennuis, j'espère ?

— Il y a toujours des ennuis dans mon secteur, répondit-il d'un air enjoué. Ce qui est bien, c'est que c'est notre boulot, en fait. Nous nous occupons des ennuis. Il insista délibérément sur ses paroles, espérant qu'elle les entendrait et réaliserait qu'il pouvait l'aider.

Elle considéra le verre d'eau qui se trouvait devant elle, mais ne dit rien.

— Et, oui, nous nous occupons de toutes sortes de choses…

Elle secoua la tête.

— Ce n'est pas si simple.

— Les ennuis ne le sont jamais.

La serveuse arriva avec leurs assiettes. Harrison huma l'arôme avec satisfaction.

— Ça a l'air merveilleux !

Zoé contempla la montagne de nourriture qui se trouvait devant elle.

— Oh, mon Dieu, je ne peux pas manger tout ça !

— J'aurais été d'accord avec toi, il y a un an. Mais depuis, j'ai rencontré au moins cinq femmes qui pourraient engloutir le contenu de cette assiette, sans même se forcer.

Elle lui jeta un regard d'incrédulité totale. Il le confirma.

— Essaie ! Tu pourrais te surprendre toi-même.

Pendant les dix minutes suivantes, Harrison s'attaqua à son steak et en savoura chaque bouchée. Il s'assura qu'elle mangeait. Zoé était en forme, mais maigre. Elle avait, probablement, connu des temps difficiles. Elle pouvait profiter un peu. Une fois qu'il lui eut donné la permission de tout engloutir, qu'il lui dit que peu importait les apparences, il réalisa à quel point cela faisait longtemps qu'elle ne s'était pas nourrie correctement. Elle n'avait avalé que deux sandwichs, aujourd'hui.

Cela soulevait la question suivante : où diable dormait-elle ? Ou bien comme Benji, n'avait-elle pas d'endroit pour ça ? Il pensa alors à Benji, au fait qu'il semblait bien nourri et heureux. Harrison réalisa qu'il y avait de fortes chances pour que Benji ait un lit dans lequel dormir ce soir. Probablement beaucoup plus agréable que son propre logement.

Chapitre 5

DE LA PREMIÈRE à la dernière bouchée, Zoé ne pensait pas avoir jamais autant savouré un repas. Elle avait grandi dans l'opulence, avait disposé de tout ce qu'il y avait de mieux et pourtant, elle n'en avait rien apprécié. Lorsqu'elle était entrée dans l'armée, la situation avait changé du tout au tout. Elle exécrait la nourriture servie. Il lui avait fallu beaucoup de temps pour s'y habituer. Mais, elle ne l'avait jamais fait savoir à personne.

Ne rien dire. Quel que soit le sujet. C'était le seul moyen.

Elle et son père n'avaient jamais été d'accord. Lorsqu'elle était encore à la maison, elle donnait des cours particuliers à des élèves. C'était un moyen d'occuper ses journées, de s'éloigner de son père et de se faire un peu d'argent de poche. Il était contre. Il ne voulait pas non plus qu'elle s'engage. Mais elle avait réussi, malgré lui. Elle avait, même, été heureuse, pendant un certain temps.

Puis, ça avait explosé. En avalant sa dernière bouchée de pommes de terre au four, Zoé se rendit compte qu'elle était repue. Elle posa son couteau et sa fourchette et s'appuya contre le dossier de la banquette.

— Oh, mon Dieu ! J'ai mangé comme quatre !

— C'est bien. Ton corps en avait besoin.

Elle réalisa qu'elle avait mangé deux fois plus vite que

lui. Il lui restait des légumes et la moitié d'un steak. Elle grimaça.

— En ce moment même, ma mère me réprimanderait pour mes mauvaises manières !

Harrison releva la tête et répondit :

— Personne ne te juge, ici. Quand on a faim, la meilleure chose à faire est de manger.

Elle leva son regard pour rencontrer ses yeux bleus.

— Tu habites chez Richard ?

Il acquiesça.

— Effectivement. Une chambre d'amis est à ta disposition si tu le souhaites.

Zoé refusa.

— Il ne vaut mieux pas.

Sur ce, elle jeta un coup d'œil à la ronde, ce qui la remit sur ses gardes.

— Tu ne peux pas continuer à courir. Un jour ou l'autre, tu te feras attraper ou tu t'effondreras.

— Eh bien, aucune de ces choses-là n'arrivera aujourd'hui.

Zoé l'étudia pendant qu'Harrison continuait à manger. Ce copieux repas l'avait fatiguée. L'un des aspects de la vie en cavale consiste en la difficulté, majeure, de se reposer. Elle craignait toujours que quelqu'un la rattrape.

— Tu pourrais me dire qui tu fuis comme ça.

Il mit une bouchée de steak dans sa bouche et attendit. Lorsqu'il put reprendre la parole, il précisa :

— Tu pourrais être surprise par les ressources dont disposent Levi et sa société. Peu importe où tu iras, tu seras protégée.

— Peut-être pas.

— Nous avons traité des cas très épineux, qui ont ébranlé beaucoup de gradés de l'armée et des forces de l'ordre.

— J'en suis contente pour vous. Mais, ça n'a rien à voir avec moi.

— D'accord. Harrison reprit son dîner.

Zoé s'enfonça un peu plus dans son siège.

— Je veux juste aller dormir, maintenant, chuchota-t-elle. C'est le problème quand on avale un tel repas. J'ai besoin d'une sieste digestive.

— Une fois dehors, la tension te revigorera.

— Comment vas-tu te rendre jusqu'à la maison de Richard ?

— Je peux soit appeler mes gars pour qu'ils viennent me chercher, soit prendre un taxi.

Zoé fronça les sourcils.

— Les taxis coûtent cher.

— La vie est chère.

Harrison enfourna sa dernière bouchée de steak et posa ses couverts sur son assiette.

— Je suis vraiment content que tu sois venue ici avec moi. C'était excellent !

Elle devenait nerveuse parce que, maintenant, il allait lui demander quelque chose en contrepartie. D'une manière ou d'une autre, les hommes le faisaient toujours. Elle avait beau le savoir, elle ignorait comment elle allait s'en sortir.

— Merci beaucoup pour le dîner, dit Zoé en commençant à se lever.

— Assieds-toi ! ordonna-t-il, d'une voix douce.

Dangereusement douce. Elle s'enfonça dans son siège et le fixa.

— Tu n'as pas le droit de me garder ici.

— Non, mais des hommes viennent de franchir la porte d'entrée. Et l'un d'entre eux ressemble au type sur lequel tu as jeté ton café.

Zoé réalisa qu'Harrison n'était pas en colère contre elle. Une fois de plus, il la protégeait.

— Merde !

Elle le regarda nerveusement.

— Tu crois que la porte de derrière est ouverte ? On peut s'enfuir ?

Il lui fit un sourire en biais. Elle commençait à reconnaître ses humeurs. Elle détestait se l'avouer, mais elle attendait presque ces différents sourires. Ils étaient comme un rayon de soleil dans des journées très sombres et moroses.

— Je ne recule jamais devant un combat tant que j'ai une chance de le gagner. Que dirais-tu si toi et moi faisions passer une mauvaise journée à ces deux crétins ?

Elle se redressa, sentant son soutien et sa confiance comme un baume sur son âme écorchée.

— Tant que *je* ne suis pas blessée. Je n'en suis pas certaine en ce qui les concerne, admit-elle.

— Bien sûr, dit-il joyeusement. Et voici les deux autres.

Zoé avait désespérément envie de se retourner pour s'en assurer. Mais elle savait qu'il ne mentirait pas à ce sujet.

— Ce serait bien d'avoir tes deux amis dans les parages.

— Ne t'inquiète pas pour ça ! Ils sont entrés dans le restaurant juste après nous.

Elle sursauta.

— Tu es sérieux ?

Elle était choquée de ne pas être au courant. Elle se pencha sur la table et lança :

— Je veux les voir.

Harrison secoua la tête et ordonna :

— Ne te retourne pas ! Nous allons avoir de la compagnie.

Instinctivement, elle se décala plus loin sur le bord de son siège.

— Je vais m'asseoir à côté de toi.

Elle déplaça son assiette et son café. Elle avait vu cette scène-là se produire trop souvent. Quelqu'un s'assoit au milieu d'une banquette, puis quelqu'un d'autre vient s'asseoir à côté, l'empêchant de sortir. Ça ne serait pas le cas.

Soudain, des ombres se placèrent à côté d'eux. Zoé leva les yeux et aperçut le type sur lequel elle avait jeté le café. Il était accompagné.

— Tu as vraiment besoin d'être ici ? lui demanda-t-elle à voix basse.

Elle saisit son café et le lui tendit.

— Je n'ai pas envie de jeter cette tasse, aussi.

Son regard se durcit.

— Attends ton tour, salope !

Elle releva le menton.

— Je pourrais, dit-elle d'une voix dure. Je peux te garantir que je te ferai dégager en même temps.

Les deux autres voyous les rejoignirent. Ils étaient, de nouveau, quatre. Malgré tout son orgueil, Zoé sentait la nervosité s'insinuer en elle. Harrison, quant à lui, semblait ne pas s'en rendre compte. Il se pencha sur la table, ajouta un peu de crème dans son café et demanda.

— Puis-je vous aider, messieurs ?

— Oui, maintenant, qu'elle a tous ses amis avec elle, dit l'homme sur lequel elle avait jeté son café, nous aimerions lui parler.

Zoé renifla et fit signe qu'elle refusait.

— Je pense que l'on devrait les écouter, déclara Harrison.

Zoé fronça les sourcils en l'observant, puis s'adressa à

eux.

— Absolument.

Harrison posa sa tasse de café et adressa son sourire amical aux nouveaux venus.

— Alors, de quoi s'agit-il ?

— Zoé doit venir avec nous.

Elle se raidit.

— Désolée, ce n'est pas possible. Je suis occupée. Pourquoi devrais-je vous accompagner de toute façon ? Vous êtes manifestement des hommes de main. Qui s'intéresse à moi au point d'envoyer quatre hommes me chercher ? C'est presque une insulte, vous savez ? J'en mériterais bien six !

Harrison s'esclaffa.

— Et maintenant que *je* suis là, c'est *très* insultant.

— Arrêtez vos conneries ! Nous avons un travail à faire. Nos ordres sont de la ramener. Quelqu'un veut lui parler.

— D'accord, acquiesça Harrison. Zoé est prête à *parler* à quelqu'un. Mais comme cette personne n'a pas pris la peine de venir jusqu'ici, il vaudrait mieux qu'elle arrive dans les dix prochaines minutes. Sinon, nous partirons d'ici.

— Il ne se montre pas souvent en public.

— Ah, vraiment ? demanda Harrison.

Il prit un ton plus grave et ajouta.

— S'il veut lui parler, il le fera avec moi. Nous n'apprécions pas les tentatives d'intimidation.

Zoé prit la parole.

— Dis-lui de m'appeler !

Les intrus échangèrent des regards, ne sachant que faire.

— Il sait utiliser un téléphone, je suppose ?

L'un des hommes sortit son portable, appuya sur un bouton et le porta à son oreille.

— Patron, elle dit qu'elle vous parlera au téléphone.

Il grimaça en entendant le mugissement qui résonna facilement à travers la table. En un clin d'œil, Zoé bondit du banc, lui arracha le téléphone des mains et lança.

— Zoé au téléphone. Qu'est-ce que tu me veux, connard ?

Elle se rassit et mémorisa le numéro, tout en écoutant les bafouillages à l'autre bout du fil.

— Tes quatre hommes sont là, face à moi, mais je ne suis pas seule. Je ne m'attends certainement pas à ce qu'on me force à faire ce que tu veux, pour rien. Si tu es le connard qui a tiré sur mon père et battu ma mère, je me fiche de savoir jusqu'où tu peux aller, où tu te caches, je te trouverai. Elle s'apprêtait à l'engueuler davantage, quand sa voix l'arrêta.

L'inconnu répliqua.

— *Non, ce n'est pas moi. Ce n'était pas moi !*

Zoé se figea.

— Alors, qu'est-ce que tu me veux ?

— *Je veux que tu saches que ce n'est pas moi qui ai ordonné ça. Tu peux effectuer des recherches, tu trouveras des antécédents de dispute entre ton père et moi. Même si je ne l'aime pas, je le respectais. Il était un peu à côté de la plaque sur certains sujets, mais au moins, il restait fidèle à ses convictions. Il y a quelques années, j'aurais été capable de faire ça. Mais je ne l'ai pas fait. Et je n'aurais jamais touché à ta mère.*

— Alors, pourquoi ne pas me dire qui tu es, pour que je puisse te rayer de ma liste ?

— *Tu le découvriras bien assez tôt.*

— Et mon frère ? questionna-t-elle tout en détestant poser cette question, pourtant elle garda sa voix dure, froide.

— *Surveille tes arrières ! Ne dépasse pas les bornes, toi aussi ! Je n'ai pas fait ça et je ne te toucherai pas non plus. Mais quelqu'un s'en prend à ta famille. Tu es sur sa liste, alors assure-toi de ne pas mettre ton nez là où il ne faut pas !*

— Peu importe sur quelle liste je suis, si je n'ai rien à me reprocher. Je ne laisserai personne m'atteindre.

Il y eut un soupir dur à l'autre bout du fil puis, il rétorqua.

— *C'est vrai. Quand tu reverras ta mère, transmets-lui mes amitiés !*

Et il raccrocha.

Zoé mit fin à l'appel, lut le nom de la liste de contacts et tendit le portable à l'homme.

— Voilà, on a parlé. Hors de ma vue !

Les hommes ne savaient pas quoi faire. Ils se consultèrent, incertains pendant quelques minutes, puis quittèrent le restaurant.

Zoé se tourna vers Harrison qui observa la retraite des hommes. Lorsqu'il se rassit, elle demanda :

— Ils sont partis ?

Il acquiesça.

— En effet. Il se tourna vers elle.

— Qui était-ce ?

— Le nom sur la liste des contacts était « Colfax ». Je suis sûre que c'est un ennemi de mon père, depuis longtemps. Il voulait que je sache qu'il n'y était pour rien dans leurs agressions. Je pense que la raison pour laquelle il n'a rien fait, c'est parce qu'il apprécie ma mère. Il y avait quelque chose dans sa voix qui s'adoucissait quand il parlait d'elle.

Zoé relata rapidement les détails de la conversation à Harrison. Il prit des notes, puis sortit son téléphone et passa un appel. Zoé en profita pour attirer l'attention de la serveuse et lui demander d'apporter plus de café. Elle ne savait pas si Harrison aimerait un dessert, ou non, après le repas qu'ils avaient pris. Elle était rassasiée, mais commanda, tout de même, une part de *cheese-cake*. Elle ne savait pas comment les choses allaient se passer dorénavant sans Harrison à ses côtés.

Elle se souvenait vaguement de Colfax comme étant une obscure figure criminelle, qui échappait toujours à la loi. S'il avait raison, quelqu'un s'en prenait à sa famille. Cela signifiait que son frère pouvait, aussi, avoir des ennuis. Peut-être. Il avait toujours échappé aux sanctions. Il était facile de l'imaginer se soustraire à ce cauchemar. Pourtant, c'était son frère, aussi rat qu'il soit. Elle envoya un message à Alex.

Tu vas bien ?

Aucune réponse ne lui parvint. Elle réalisa alors qu'elle devait l'avertir.

Fais attention à toi. Quelqu'un s'en est pris à notre famille.

Aucune réponse. Elle haussa les épaules. Elle l'avait prévenu. C'était suffisant.

Harrison raccrocha son téléphone et annonça :

— Au départ, je pensais qu'il s'agissait plutôt d'une attaque personnelle contre ton père, mais quand j'ai considéré que ta mère avait aussi été battue, cela a changé les choses.

— Absolument. Pourquoi penses-tu que quelqu'un a mis un contrat sur nos têtes ?

Harrison secoua la tête.

— Aucune idée. Lorsqu'il entendit son téléphone tintinnabuler, il lui demanda :

— As-tu eu des nouvelles de ton frère ? Est-il en sécurité ?

Elle fit défiler les messages et tint son téléphone pour qu'Harrison puisse voir leur court échange.

— Il est en sécurité. Pour le moment.

HARRISON VOULAIT CROIRE que Zoé savait ce qu'elle faisait. Mais c'était difficile. Ça allait à l'encontre de son instinct. Il avait beaucoup appris ces derniers temps sur les femmes fortes, capables. Mais, en rencontrant Zoé, en constatant ce qu'elle traversait, ce n'était pas simple pour lui de se retirer, de la laisser mener sa barque comme elle l'entendait.

Pourquoi ? Il devait se le demander.

Normalement, il était très doué pour comprendre les autres, pour lire en eux, mais il n'était pas certain de la position de Zoé sur la question de son frère. Il se pencha en avant et la questionna :

— Penses-tu qu'Alex ait quelque chose à voir avec l'attaque de ton père ?

Zoé le regarda, surprise et secoua la tête.

— Je ne pense pas. Il cherchait à obtenir une maison de notre père, alors je doute qu'il l'ait éliminé. Mort, ses biens reviennent à maman. Nous n'avons rien. C'est du moins ce que mon père m'a toujours dit. Et maman n'était pas aussi prompte à donner quoi que ce soit à Alex que lui. Ou peut-être que tout est au nom de mon père. Qui sait ? Alex a toujours obtenu ce qu'il voulait plus facilement de Père. Et Alex en voulait encore plus.

— Et s'il arrivait quelque chose à vos deux parents ?

— Tout est placé dans une fiducie à toute épreuve, avec des allocations mensuelles à distribuer à chacun d'entre nous par un austère cabinet d'avocats. Tous vieux. Tous des hommes. Peu susceptibles de se plier aux caprices d'Alex. Encore une fois, il s'agit d'une information de seconde main de la part de mon père. Je n'ai aucune connaissance directe de tout ça.

Cette fois, au moins, sa voix était plus vivante. Harrison s'installa, désigna la table et demanda :

— Es-tu rassasiée ?

Zoé finit son café et le posa à côté de son assiette à dessert vide.

— J'ai terminé. Merci beaucoup pour le dîner.

Voilà qu'elle retrouvait le ton poli d'une étrangère. Toujours à l'affût de ses émotions, il s'enquit de l'addition. Après l'avoir payée, il lança :

— Allez, on y va !

Ils traversèrent le restaurant et sortirent par la porte d'entrée. Lorsqu'ils se retrouvèrent sur les marches, elle demanda :

— Où allons-nous ?

Il se retourna pour l'étudier.

— Où veux-tu aller ? Je t'ai proposé une chambre d'ami chez Richard. As-tu un meilleur logement ?

— Colfax voulait seulement me contacter pour me faire savoir qu'il n'avait rien à voir avec les attaques contre mes parents.

— Ces quatre truands étaient ses hommes, n'est-ce pas ?

Elle lui confirma.

— Oui.

— Alors, tu peux rentrer chez toi maintenant que tu sais qu'ils ne te poursuivront plus ?

Elle se raidit et le regarda fixement.

— Non, je ne rentrerai pas chez moi. Jamais.

Zoé bifurqua à droite et partit en trombe. Il l'observa un long moment, se questionnant : allait-elle disparaître de sa vue ? En ce moment, vu l'état dans lequel elle se trouvait, s'il disait la moindre chose de travers, elle filerait comme une balle.

— C'est ton mode opératoire, non ? Dès qu'il se passe quelque chose, tu t'enfuis ! lança-t-il derrière elle.

Elle fit volte-face et cria :

— Ce n'est pas juste. Tu ne me connais pas assez pour faire ce genre d'affirmation.

— S'il se passe quelque chose dans l'armée, tu t'enfuis. S'il se passe quelque chose à la maison, c'est pareil. Si je dis quelque chose de mal, tu t'enfuis !

Zoé secoua la tête.

— Je n'ai pas fui l'armée. J'ai essayé de changer les choses, de toutes mes forces. Pour que sa mort ait de l'importance. À la maison ? Il n'y a pas de maison. Tu te souviens ? Ma mère est à la clinique. Mon père est mourant. Pourquoi retournerais-je là-bas ? Quant à toi, je suis sur le point de m'en aller depuis que je t'ai rencontré.

Zoé lui adressa le plus doux des faux sourires et tourna les talons, repartant dans la direction qu'elle avait choisie. Au lieu d'être en colère, Harrison dut admettre que revoir son côté porc-épic l'amusait. Il éclata de rire, se mettant au pas derrière elle, alors qu'elle avait, déjà, une bonne longueur d'avance sur lui. Maintenant qu'il se moquait d'elle, il pouvait voir ses poings se serrer à mesure que ses pas s'accéléraient. Bien sûr, cela ne marcherait pas, il pouvait facilement la suivre.

Alors qu'il tournait au coin d'une ruelle et la remontait, elle s'arrêta et lâcha :

— Tu n'as plus besoin de t'occuper de moi. Je suis parfaitement capable de prendre soin de moi !

— Bien sûr ! Peut-être que je dois m'occuper du reste du monde ? Peut-être que tu es un danger pour eux ?

Harrison n'avait pas voulu prononcer ces mots. Mais rien n'avait de sens, il avait besoin qu'elle lui parle. Qu'elle lui fasse confiance. Il voulait qu'elle laisse échapper quelque chose sur son passé. Il pensait appeler Levi pour obtenir des détails sur Zoé et son amie décédée, mais Harrison avait besoin de quelques minutes, seul, pour ça.

Zoé lui lança un regard incertain puis répondit :

— Je n'ai jamais fait de mal à quelqu'un qui ne le méritait pas.

Il acquiesça.

— Je ne peux pas en dire autant. Pour beaucoup de gens, la définition de ce que signifie *mériter* est différente de la nôtre. Ce n'est pas parce qu'on a quelqu'un dans sa vie qu'on a le droit de lui faire du mal.

— Je n'ai jamais fait de mal à quelqu'un de cette façonlà, dit-elle doucement avant de reprendre son chemin.

Harrison ne changea pas le rythme de ses pas, mais lorsqu'elle s'arrêta à nouveau, il se plaça devant elle.

— Maintenant, j'aimerais être certain que tu as un endroit où dormir ce soir. Un endroit sûr où tu n'auras pas d'autres ennuis.

— Quel genre d'ennuis ?

— Ton père a été abattu. Ta mère a été tabassée. Comment sais-tu que la personne qui a fait ça n'en a pas après toi ?

Zoé tourna la tête pour fixer un point, au loin, au-delà de son épaule. Il vit ses traits se déformer tandis qu'elle se concentrait.

— Il s'est fait tirer dessus sur le pas de la porte. Il y a de fortes chances qu'il ait ouvert au tireur. Je ne sais pas comment ma mère s'est retrouvée impliquée. Elle aurait donné cher pour éviter cela.

Zoé lui jeta un regard fermé puis ajouta :

— Mon père est une brute. Il la frappe, parfois très violemment.

À l'intérieur d'Harrison, quelque chose s'installa, c'était dur, profond et laid.

— Alors… il bat les femmes ?

Il garda sa voix basse. Il était occupé à envoyer un message à Levi. Beaucoup d'informations intéressantes se révélaient.

Zoé acquiesça.

— Oui, il l'a toujours fait. Il a essayé de nous battre quand nous étions petits. Maman a réussi à empêcher Alex d'être maltraité, mais pas moi. Comme elle n'a jamais pu empêcher Père de la frapper, les choses se sont envenimées. J'ai essayé d'intervenir, de l'arrêter, mais elle me disait toujours de le laisser tranquille. Qu'il avait besoin d'un exutoire.

— Il aurait pu aller dans une salle de sport et utiliser un vrai sac de frappe !

Elle fixait, toujours, le même point au loin.

— Nous le lui avons dit. Plusieurs fois, expliqua Zoé en secouant la tête. Cela n'a jamais fait de différence…

Harrison avait vu trop de cas similaires pour ressasser, encore, les mêmes excuses creuses expliquant pourquoi les femmes restaient quand elles étaient maltraitées. Souvent, elles restaient par culpabilité ou par amour tordu. Harrison se doutait qu'en acceptant les coups, Trish protégeait ses enfants.

— Chaque fois qu'il levait la main sur nous, elle intervenait et prenait le coup.

Il passa son bras dans le sien et lui serra doucement la main.

— Alors, tu ne penses pas qu'il l'a frappée avant d'être blessé ? Ou peut-être qu'on lui a tiré dessus pour l'empêcher de lui faire du mal ?

Zoé répondit :

— Je n'en sais rien. J'ai entendu parler du passage à tabac aux informations, mais je doute que quelqu'un ait été présent à ce moment-là. Père n'aimait pas que qui que ce soit sache ce qu'il faisait.

— Où était ton frère pendant ce temps-là ?

— Qui sait ? Il vit à la maison à temps partiel, il a un autre logement. Nous ne sommes pas proches.

Elle renifla à moitié, puis reprit.

— Ce qui veut dire que je n'ai rien à voir avec lui. Alex est certainement méchant et mesquin, mais pas très agressif. C'est plus un charmant play-boy. Il était à la maison ce soir-là puisqu'il dînait avec nous, mais après ? Je suis partie. Peut-être que lui aussi.

Zoé haussa les épaules.

— S'il a essayé de tuer notre père, il est assez intelligent pour avoir un alibi.

— Et toi ?

Elle le toisa.

— Je vis seule. Depuis que j'ai quitté l'armée, je vis dans un appartement meublé, bon marché, jusqu'à ce que je mette de l'ordre dans ma vie. Je n'ai pas beaucoup d'amis et depuis que c'est arrivé, je vis dans la rue. Je n'ai donc pas d'alibi. J'en voulais énormément à mon père qui battait constamment ma mère. J'en voulais à maman de rester. D'après la police, c'est un motif valable. J'ai un traceur sur l'épaule en ce moment. En plus, je déteste l'autorité. Et si je pensais pouvoir éradiquer le mal à sa source – et éliminer les maux des forces de l'ordre et de l'armée en même temps –, je le ferais.

— C'est intéressant d'associer ces deux éléments, déclara-t-il. Ce n'est pas parce qu'il peut y avoir quelques pommes pourries parmi les milliers de personnes travaillant dans ces deux secteurs, que cela signifie forcément que l'un ou l'autre système est *complètement* véreux ou que les personnes y œuvrant sont *toutes* mauvaises.

Chapitre 6

ZOÉ VOULAIT SE confier à Harrison. Mais elle ne le connaissait pas vraiment. Elle n'osait pas. Elle détestait les étrangers. Et les supérieurs. Et les collègues. Elle jeta un regard sur la nuit qui tombait autour d'elle. Bon sang, quelle soirée ! Comment sa vie en était-elle arrivée là ?

— Es-tu sûre de ne pas vouloir profiter d'un bon lit pour la nuit ? Et d'une douche ?

— Est-ce que je pue ?

Elle le regarda, perplexe.

— Non. Mais ce n'est pas une raison pour ne pas accepter cette offre, n'est-ce pas ?

Mécontente, Zoé secoua la tête.

— Très bien. Mais je ne veux pas attirer plus d'ennuis à Richard. Si nous allions dans un endroit complètement différent ?

— Pourquoi ? L'interrogea Harrison.

Il l'attrapa par le bras et la tira pour qu'elle lui fasse face.

— Outre le fait que ta famille soit prise pour cible, re-présentes-tu un danger particulier où que tu ailles ? Fuis-tu quelque chose ? Pourquoi le fait d'aller chez Richard le mettrait-il en danger ?

— Aucune raison particulière, si ce n'est que, comme tu l'as souligné, quelqu'un pourrait être en train de vouloir éliminer ma famille.

Harrison approuva.

— La demeure de Richard est surveillée en permanence. Et il faudrait que l'on sache que tu t'y trouves. Si c'est le cas, alors cette personne sait déjà où tu es maintenant.

— Écoute, tu n'es pas obligé de rester avec moi ! Je comprends que ce soit ton travail. Mais, je n'y suis pour rien. Je n'ai pas tiré sur mon père et je n'ai pas tabassé ma mère. Je veux que tu concentres toute cette énergie et cette inquiétude mal placées et que tu trouves qui l'a fait.

Zoé le vit lui jeter un regard noir et croiser les bras sur sa poitrine. Elle soupira.

— Tu as vraiment le complexe du héros, n'est-ce pas ?

À ce moment-là, Zoé put presque le voir hausser les sourcils dans un accès de colère. Ce fut à son tour d'arquer les sourcils.

— Ainsi, tu n'aimes pas ce terme… Peu importe ! Le fait est que je vais bien. Ça ira. Je ne veux pas attirer d'ennuis à Richard. C'est juste de la prudence.

— D'accord, alors où va-t-on ?

Elle leva les épaules.

— Il y a un centre pour sans-abri dans le coin. Je suis sûre que je peux y trouver un lit pour la nuit.

Harrison consulta sa montre.

— Il est presque vingt-trois heures. Non seulement c'est fermé, mais les lits risquent d'être tous occupés.

Il avait raison.

— Je vais trouver un banc public, alors.

Bien qu'elle ne se sente pas assez en sécurité pour dormir à la belle étoile… Si seulement elle pouvait faire la paix avec elle-même et, aussi, avec les événements misérables qui l'avaient dominée ces deux dernières années, alors tout s'apaiserait.

Harrison objecta.

— Pas question de dormir sur un banc public !

— Peut-être qu'ils peuvent sortir un lit de camp à la clinique. Peut-être puis-je rester avec ma mère cette nuit ? Elle est sous bonne garde, donc je serais en sécurité aussi. C'est parfait.

Elle sortit son téléphone et la carte que Richard lui avait donnée.

— Richard ! dit-elle quand il lui répondit. Y a-t-il une chance pour qu'on m'apporte un lit de camp dans la chambre de ma mère et que je puisse rester auprès d'elle cette nuit ?

— *Je ne suis pas sûr que ce soit ce qu'il y a de mieux, pour elle, en ce moment. Elle s'est réveillée, mais a sombré aussitôt. Elle est désemparée. Si elle se réveille en vous trouvant là, je ne sais pas quel genre de réaction, cela suscitera. Si j'étais convaincu que cela la rendrait heureuse, ce serait parfait et je serais tout à fait d'accord. Mais comme je ne sais pas vraiment, je ne suis pas sûr que ce soit la meilleure solution.*

— Mais je peux, quand même, venir lui rendre visite, n'est-ce pas ?

— Oui, vous pourrez lui rendre visite demain matin. Elle est installée pour la nuit, dit-il prudemment. Que se passe-t-il ?

— J'étais en train d'étudier mes options pour la nuit.

— La meilleure consiste à venir chez moi. Je suis sûr qu'Harrison vous l'a déjà dit.

— Oui, c'est vrai, mais je ne veux pas apporter d'ennuis sur le pas de votre porte. Vous aidez déjà ma mère. Et s'il vous arrivait quelque chose ? Ce serait inacceptable, dit-elle en plaisantant à moitié.

— Vous avez raison. Les ennuis sont à vos trousses. J'ai

un bon système de sécurité à la maison et, si nécessaire, je peux faire venir quelques hommes de plus.

— Il doit y avoir une autre solution.

— Il y en a une, déclara Harrison d'une voix forte et dure. Je vais prendre une chambre d'hôtel pour nous deux.

— Dans tes rêves !

— Richard, qu'en penses-tu ?

— *Je pense que vous êtes tous les deux stupides. Vous devriez venir chez moi. J'ai une tonne de chambres d'amis.*

Harrison lui lança un regard noir.

— Deux choix possibles maintenant. L'hôtel – avec moi partageant la même chambre – ou chez Richard, où tu auras ta propre chambre.

Zoé était tellement en colère qu'elle tapa du pied sur le bitume. Puis, elle poussa un cri de fureur à peine contenu. Lorsqu'elle s'aperçut que Richard riait, elle s'emporta.

— D'accord, mais ce ne sera pas de ma faute si quelqu'un nous suit jusque là bas !

— J'espère qu'il le fera, grogna Harrison. Peut-être que ça va finir par s'éclaircir. Le temps que je l'attache sur une chaise et que j'obtienne des réponses de ce connard, nous saurons exactement ce qui se passe.

Richard demanda :

— *Dans combien de temps arrivez-vous ici ? Je prends un dernier verre, alors dépêchez-vous !*

— Nous n'avons pas de moyen de nous y rendre, dit Zoé. Il sera presque impossible d'appeler un taxi d'ici.

— Il y a d'autres moyens.

Harrison leva la main en l'air et fit un signe. Que faisait-il ? La Jeep arriva derrière eux. Il lui indiqua de s'asseoir à l'avant et lui demanda.

— Que penses-tu de ceci ? Accepterais-tu qu'on te reconduise ?

Sa mâchoire se décrocha lorsqu'elle reconnut les deux hommes.

— Tu es en train de me dire qu'ils nous ont suivis pendant tout ce temps !

Elle était déconcertée, elle ne l'avait même pas remarqué. Elle en voulait à Harrison. Elle sauta sur le siège avant, jeta un coup d'œil à l'homme d'allure presque islandaise qui conduisait et s'adressa à lui.

— Merci de nous conduire. Je ne pense pas m'être présentée plus tôt. Je m'appelle Zoé.

Le grand homme lui sourit gentiment et répondit :

— Pas de souci. Je m'appelle Saul.

Le plus sombre, au fond, lança :

— Et moi, je suis Dakota.

Harrison s'installa sur le siège arrière et intima :

— Chez Richard, s'il vous plaît, les gars ! Après ça, vous n'êtes plus en service.

— Notre premier job de baby-sitter a été assez facile, déclara Saul en souriant.

Soudain, il y eut comme un violent coup de poing sur le côté de la Jeep. Le pied de Saul appuya sur l'accélérateur et la Jeep démarra en trombe.

Zoé se retourna et fixa Harrison.

— C'était quoi ça ? Un coup de feu ?

Il posa sa grosse main sur l'arrière de sa tête et lui lança :

— Baisse-toi !

Les hommes inspectèrent les alentours. Saul fit une série de zigzags et de virages rapides. Allongée sur le siège, elle étudia les panneaux de signalisation et se rendit compte qu'ils étaient revenus à l'endroit où on leur avait tiré dessus, quelques minutes plus tôt. Saul roulait lentement pour que

Dakota et Harrison puissent s'assurer qu'ils n'étaient pas suivis.

Pour Zoé, retourner sur les lieux du crime, c'était être une cible, une deuxième fois.

— Qu'est-ce que tu fais ? Tu essaies encore de nous faire tirer dessus !

La rue était vide. Harrison la laissa se redresser. Saul repartit et emprunta un itinéraire très confus à travers la ville. Il fit quantité d'allers-retours, de virages à gauche, à droite, tout en se dirigeant vers l'un des quartiers les plus riches de San Diego. Lorsqu'il s'arrêta devant l'entrée d'une zone sécurisée, il s'identifia. Les portes s'ouvrirent alors et ils passèrent. Zoé entendit Harrison au téléphone, parlant à Richard.

— Nous sommes dans l'enceinte. Verrouille la sécurité ! On nous a tirés dessus.

Zoé constata que les lumières extérieures s'amplifiaient. Elle n'avait aucune idée de ce qui se passait d'autre. Elle imaginait que le système de sécurité de cette villa était plutôt bien renforcé. Un grand manoir se dressait devant elle, avec une petite maison sur le côté.

— Pourquoi une seule personne vivrait-elle dans quelque chose d'aussi grand ?

— Il vivait ici avec sa fille. Maintenant, elle est auprès de Levi au Texas, déclara Harrison. Ice est l'autre tête pensante de *Legendary Security*.

Cela expliquait un certain nombre de choses. Harrison sortit de la Jeep, ouvrit rapidement sa portière et la fit entrer dans la maison. Il n'y avait pas eu d'autre incident. Saul et Dakota arrivèrent à leur tour.

— Vous rentrez chez vous ou vous voulez rester ici pour la nuit ? leur demanda Harrison.

Saul répondit.

— Il n'est pas question de partir à ce stade.

— Bien, dit Richard en les rejoignant. Dans ce cas, je n'ai pas besoin d'engager d'autres hommes. Ma fille les a embauchés pour moi.

Richard sourit aux quatre personnes qui se tenaient devant la porte d'entrée.

— C'est bien de disposer de beaucoup de place dans certaines circonstances. Vous voulez être au même étage ? demanda-t-il en se tournant vers Harrison. Je pense que je peux te laisser le choix des chambres ?

Harrison acquiesça.

— Zoé sera dans celle située à côté de la mienne, j'aurai un des gars de l'autre côté du couloir.

Il s'adressa à Richard.

— Et toi ?

— Je serai au lit dans une dizaine de minutes et je n'ai pas l'intention de quitter ma chambre avant demain matin.

Richard leur adressa un sourire fatigué.

— Même si j'aime la compagnie, la journée a été longue et difficile. Demain ne s'annonce guère mieux. J'ai plusieurs opérations très ardues. Si vous avez besoin de manger, la cuisine est à gauche. Si vous avez besoin de boire, le bar est juste devant vous. J'espère que vous pourrez vous servir sans avoir besoin d'un hôte.

Alors que Richard se dirigeait vers l'étage, il ajouta.

— Le petit-déjeuner est à sept heures.

Et il disparut.

— Il a vraiment beaucoup de place, non ? dit Zoé. La maison de mon père est grande, mais elle n'a rien à voir avec ça.

— Il menace de la vendre depuis longtemps, déclara

Harrison.

— Et puis, quoi encore ? Et sa clinique ?

— S'il ne l'avait pas, je pense qu'il se serait déjà rapproché d'Ice. Peut-être dans quelque temps.

Ils montèrent tous les quatre à l'étage. Lorsqu'ils arrivèrent en haut, Harrison prit à gauche. Il indiqua à Dakota et Saul leurs chambres, puis ouvrit la porte de la sienne et déclara :

— C'est la mienne, tu es dans la chambre voisine.

— Chambre adjacente ? questionna-t-elle en lui lançant un regard suspicieux. Ont-elles une porte communicante ?

— Oui, elles ont une porte communicante, dit-il d'un air amusé. Je te promets de ne pas entrer pour essayer de te séduire pendant la nuit.

Saul et Dakota se retinrent de rire. Zoé leur lança un regard noir.

Harrison entra dans l'immense suite prévue pour Zoé. Il désigna une porte à droite, au centre d'un mur.

— Elle mène à ma chambre. Tu peux la fermer à clé si tu le souhaites. Cependant, pour des raisons de sécurité, il serait préférable que tu ne le fasses pas. Je peux crocheter cette serrure en dix secondes environ, mais s'il y a un intrus, ces dix secondes représentent quelques balles.

Zoé se tenait dans l'entrée, les bras croisés sur la poitrine, tapant impatiemment du pied sur le sol.

— Quoi ? Le logement n'est pas à ton goût ?

— Il est superbe, tu le sais très bien. Mais, c'est bon maintenant, tu peux me laisser.

Harrison ricana et en passant devant elle, il lui effleura doucement le sommet du crâne. Il s'arrêta et lâcha :

— Oh, regarde ça ! Les piquants de porc-épic ne se redressent pas quand on te touche !

Il sortit en riant. Zoé claqua la porte derrière lui. Elle se tourna vers la chambre, qui était merveilleuse. Si seulement elle pouvait prendre une douche, passer une bonne nuit, puis se tirer d'ici avant que quelqu'un ne se réveille, ce serait vraiment l'idéal.

HARRISON SE DIT qu'il ne devrait pas la taquiner, mais c'était trop difficile de résister. Le regard fulminant qu'elle lui avait lancé n'avait fait qu'augmenter son plaisir. Elle avait besoin de se débarrasser de ce qui-vive permanent. S'il continuait à la secouer, peut-être que ça irait. Il pénétra dans sa chambre et ferma la porte. Il avait vraiment besoin d'une douche et d'un lit. Mais il devait d'abord informer Levi des derniers événements.

Harrison ouvrit son ordinateur portable et rédigea rapidement un courriel détaillé. Après l'avoir envoyé, il se déshabilla et prit une douche. Dix minutes plus tard, alors qu'il se mettait au lit, il aperçut à peine une lueur sous la porte. Il fronça les sourcils. Zoé, avait-elle du mal à dormir ? s'inquiétait-elle ? Cela faisait une bonne demi-heure qu'il l'avait quittée.

Il soupira. Il ferait mieux de vérifier. Il tourna doucement la poignée de la porte de communication. La porte s'ouvrit. C'était bien. Il passa la tête dans l'embrasure. Toutes les lumières étaient allumées, mais Zoé dormait profondément. Harrison fut troublé. Il referma doucement la porte et retourna dans son lit. Zoé, était-elle terrifiée par l'obscurité ? Il n'y avait pas qu'une seule lumière d'allumée ; toutes celles de la chambre l'étaient. *Intéressant.*

Il ne pouvait imaginer ce qu'avait été son enfance. Si son père battait sa mère, ce devait déjà être affreux. Zoé devait être extrêmement frustrée de ne pas réussir à convaincre sa maman de partir. C'était la même histoire partout dans le monde. Les gens s'engageaient dans des relations difficiles, dont il était compliqué de sortir.

Harrison éteignit la lumière et s'installa sous la couette. Son esprit n'arrêtait pas de tourner.

Il savait que Saul s'inquiétait pour la Jeep. Il avait rapidement inspecté le véhicule avant de les rejoindre dans la maison. Mais il n'avait rien dit. Jusqu'à présent, Harrison avait été très impressionné par Saul et Dakota. Ils étaient copains dans l'armée, servaient dans la même unité SEAL et tous les deux étaient partis pour la même raison. Harrison n'avait pas demandé de quoi il s'agissait. Parfois, les militaires étaient placés dans des situations où leur honneur et leur sens moral se heurtaient aux ordres reçus.

Il savait que Flynn s'en était allé, également, pour ça. Peut-être qu'il avait été un peu aidé lors de son départ, car il avait désobéi à un ordre direct. Pour Dakota et Saul, c'était leur choix. Lorsqu'on ne peut pas faire confiance aux hommes qui nous dirigent et qu'on ne croit pas en eux, ce qu'on fait n'a plus de sens. Peut-être qu'un jour, lorsqu'ils feraient partie du groupe et qu'ils se sentiraient suffisamment à l'aise, ils parleraient de ce qui s'était passé. Tous les hommes de l'unité de Levi avaient vécu ça. Ils avaient tous été obligés de faire face à des problèmes qu'ils n'auraient normalement jamais dû affronter. Se voir demander de commettre quelque chose de mal, c'était… mal. Quand on vous ordonne de faire quelque chose dans l'armée, désobéir est passible de sévères sanctions. Parfois, la définition de ce qui est juste se modifie.

Harrison s'endormit enfin et se réveilla, en sursaut, au son d'un bruit étrange. Il consulta sa montre. Il sortit du lit et se dirigea vers la porte communicante, y collant son oreille. Il n'entendit rien. Ce qu'il avait entendu avait suffi à le réveiller. Il ouvrit la porte et passa la tête. La chambre était vide, il n'y avait que Zoé. Elle se tournait et se retournait dans son lit. Elle geignait. Il l'observa un long moment, se demandant s'il devait la réveiller ou non. Elle recommença une dernière fois, puis sembla se rendormir.

Tout le monde faisait des cauchemars. Mais dans son cas, ils étaient probablement bien pires. Harrison comprit. Personnellement, il n'avait jamais eu de problèmes de stress post-traumatique, mais beaucoup de ses camarades en avaient eu. C'était terrible. Parfois, ils se réveillaient sans comprendre où ils se trouvaient, leurs réactions étaient immédiates, instinctives. Bien trop souvent, mortelles.

Zoé s'était apaisée. Il s'éclipsa de nouveau et retourna dans son lit. Il donna un coup de poing à son oreiller, se retourna et se rendormit.

Quelques heures plus tard, il s'installa sur le dos pour observer la poignée de la porte de communication tourner. Il se déplaça dans le lit et fit semblant de dormir. Sous ses cils, il regarda la porte s'entrebâiller. Dans la suite de Zoé, toutes les lumières étaient encore allumées, créant un halo de lumière dans la sienne. Elle passa la tête à l'intérieur, puis, l'ayant aperçu, elle se détendit.

— Tu n'arrives pas à dormir ?

Elle sursauta, surprise.

— Je ne voulais pas te réveiller.

— Pas de problème.

Harrison se redressa, veillant à ne pas faire de mouvements brusques, au cas où elle s'enfuirait.

— As-tu bien dormi ?

— Oui, mais je me suis réveillée dans un cauchemar,

avoua-t-elle. Il est trop tôt pour partir, j'ai cru entendre quelqu'un en bas. Je me suis demandé si tu n'étais pas déjà debout.

Il jeta un coup d'œil à sa montre et dit :

— Il n'est que cinq heures. Peux-tu dormir encore un peu ?

— Non, j'en ai fini pour la nuit.

— Je crois que moi aussi. Es-tu prête pour le petit-déjeuner ? Il n'aura pas lieu avant deux heures.

— Une promenade d'abord, si tu es d'accord, lança-t-elle d'un ton légèrement provocateur. Tu avais parlé de courir. Ça te tente toujours ? Parce que j'ai vraiment besoin d'une séance d'entraînement.

— Tu es habillée pour ça ?

— Je n'ai que ces vêtements, expliqua-t-elle en haussant les épaules. Mais ce n'est pas comme si je ne pouvais pas courir avec eux. J'ai mes baskets.

— Donne-moi cinq minutes !

Zoé lui adressa un léger sourire.

— Dépêche-toi ! lança-t-elle puis elle referma la porte d'un claquement de doigts.

Harrison secoua la tête, fouilla rapidement dans son sac à la recherche de son short, enfila un maillot adapté, attrapa ses chaussures de course et sortit dans le couloir. Elle l'attendait.

— Espérons que Richard ou un membre de son équipe soient debout pour que nous puissions quitter l'enceinte sans déclencher son système de sécurité !

Elle se figea dans l'escalier.

— Je n'y avais pas pensé.

Harrison se dirigea vers la cuisine. Foster était là, en train de préparer du café. Il fit volte-face, surpris, et dit.

— Vous vous êtes levés tôt, tous les deux, non ?

— Nous allons courir. Peux-tu couper le système d'alarme pour que nous puissions sortir ?

Foster acquiesça.

— Je vous donne trois minutes pour vous rendre à la porte d'entrée, puis je le désarme. Vous aurez quatre minutes pour traverser la pelouse et franchir le portail, ensuite, il se réenclenchera. Appelez-moi quand vous reviendrez !

Ce fut ce qu'ils firent. Le temps qu'ils franchissent le portail et atteignent la route principale, Zoé courait déjà à toute allure. Ce n'était pas un jogging. Elle avait des endroits à visiter, des choses à faire et elle allait les faire, tout de suite.

— Tu cours toujours à ce rythme-là ?

— Non. Le cauchemar m'a mise dans tous mes états. Je ressens le besoin de continuer à m'enfuir. Elle accéléra. Encore une fois.

Tout ce qu'Harrison pouvait faire, c'était d'essayer de la suivre.

Chapitre 7

L A NUIT AVAIT été compliquée pour Zoé. Des cauchemars, des cris, des courses incessantes dans le noir. Elle
s'était réveillée plusieurs fois, se débattant dans les draps,
paniquée à l'idée de se retrouver dans une chambre qu'elle ne
reconnaissait pas, dans un espace qu'elle ne maîtrisait pas.

C'était effrayant.

Lorsqu'elle se réveilla pour la dernière fois, elle sut
qu'elle devait faire quelque chose pour se débarrasser de toute
cette tension. Cette nuit, qui aurait dû l'apaiser, lui avait
tordu les tripes et déchiré l'âme.

Courir était le seul exutoire possible. Peu importait si
c'était illogique qu'une action physique l'aide à faire cesser
ses cauchemars. Tant que le résultat était là.

Elle ne pouvait pas se permettre de rester immobile, en
ce moment. Il lui semblait que tout et tout le monde était
après elle… Pourtant, elle n'avait aucune preuve que ce fut le
cas. Elle savait qu'elle avait causé des ennuis à certains
militaires. S'ils étaient après elle… Elle avait entendu dire
que l'on avait tiré sur son père et que sa mère avait été passée
à tabac. Elle se disait que ceux qui avaient commis ces
agressions lui mettraient, volontiers, ces actes sur le dos ou
s'en prendraient directement à elle.

Bien sûr, les flics s'intéressaient à ses allées et venues.
Comment pouvaient-ils ne pas la soupçonner ? Elle se

trouvait chez ses parents, la nuit où son père avait reçu la balle. Depuis, elle consultait les nouvelles sur son téléphone et suivait la couverture médiatique. Rien n'avait de sens. C'était pour ça qu'elle s'était enfuie… pour échapper à toutes les inconnues qu'elle ne pouvait pas gérer.

Et parce qu'elle craignait que des preuves aient été falsifiées pour la compromettre et l'accuser à tort.

Il ne fallut pas longtemps pour que la course à pied apporte à Zoé la magie qu'elle recherchait. L'oubli. Tandis que ses muscles se tendaient, s'étiraient, elle avançait à une vitesse qu'elle avait du mal à contrôler. Le besoin la poussait. Elle sentait la tension se détacher de son corps, en même temps que la sueur. Elle courut, courut, courut.

Elle observa brièvement Harrison qui maintenait facilement le rythme, à ses côtés. Rien qu'avec la longueur de ses foulées, il pouvait la suivre. Elle l'envia. Harrison semblait avoir l'endurance nécessaire pour parcourir encore dix kilomètres. Zoé, en revanche, maintenant qu'ils se dirigeaient vers les 15 km aux dires de sa montre, s'épuisait. Elle jeta un coup d'œil autour d'elle et lui demanda.

— C'est l'heure de rentrer ?

— Ça me paraît bien. Tu es prête à faire le trajet complet ou préfères-tu un raccourci ?

Elle réfléchit à ses réserves d'énergie et répondit.

— Le raccourci.

Il lui indiqua une direction et suggéra :

— Allons par là ! Nous pouvons couper par ce chemin et gagner plusieurs kilomètres.

Elle acquiesça et, cette fois-ci, lui emboîta le pas. C'était peut-être mieux ainsi. Elle lui demandait de fixer le rythme. Harrison le maintenait, lentement, régulièrement, avalant les kilomètres avec sa longue foulée. Zoé ferait de son mieux, pour le suivre.

Quarante minutes plus tard, ils arrivèrent devant le portail de l'entrée. Il ralentit et continua son jogging sur place. Il appela Foster pour lui dire qu'ils étaient arrivés. Zoé trottina sur place, puis ralentit jusqu'à marcher. Enfin, elle s'étira et secoua ses membres. Non seulement elle avait parcouru plus de kilomètres que prévu, mais en plus, elle n'avait pas couru comme ça depuis longtemps. Elle aurait des courbatures le lendemain. Si elle pouvait trouver un jacuzzi ou une piscine à l'intérieur, ça l'aiderait.

Alors qu'ils franchissaient le portail et se dirigeaient vers la maison, Harrison lança.

— Merci. C'était une belle course !

Il leva les bras au-dessus de sa tête et fit plusieurs étirements.

— Tu as raison, c'était bien, confirma Zoé dans un rire. Je trouve que c'est un bon moyen de me débarrasser de mes démons.

Harrison se dirigea vers la porte et l'ouvrit pour elle.

— Courir te permet, aussi, de rester en forme. Si les démons de ton monde se réveillent, tu pourras t'enfuir.

Elle acquiesça.

— J'espère que Richard a un grand réservoir d'eau chaude parce que je risque de rester sous la douche pendant une bonne heure.

— Vas-y ! Le petit-déjeuner est à sept heures, tu as dix minutes.

Sa moue le fit rire.

— Je préfère manger plutôt que rester sous une douche chaude trop longtemps. Je peux m'habiller et arriver à l'heure, mais tu es une femme, alors…

Elle répliqua :

— Je cours bien, quand même.

— Es-tu compétitive dans tout ce que tu fais ?

Elle secoua la tête.

— Non, mais je trouve que c'est un bon moyen de faire les choses rapidement.

— C'est toi qui le dis.

Il gravit les marches trois par trois. Ses longues jambes les avalant. Elle n'avait aucun espoir de le rattraper, mais elle courut quand même après lui.

— Hé, c'est de la triche !

— Tu voulais un défi ! s'exclama Harrison.

Puis, il disparut dans sa chambre. Zoé se précipita dans la sienne, se déshabilla et se jeta sous l'eau chaude. Elle se shampouina et décida qu'elle préférait perdre sa course avec Harrison, le temps de s'assurer qu'elle était parfaitement propre. Elle coupa l'eau et sortit de la douche pour se sécher. Enveloppée dans une serviette, elle entra dans sa chambre, se demandant quelles étaient les options vestimentaires qui s'offraient à elle. Elle n'allait pas porter ses vêtements trempés de sueur après s'être lavée…

On frappa et Harrison s'écria.

— Hé, je t'ai battue !

Elle se dirigea vers la porte toujours enveloppée dans sa serviette et jeta un coup d'œil tout autour.

— Oui, c'est une sacrée façon de me battre, dit-elle. Je n'ai rien à me mettre !

Il la regarda d'un air lascif, un air malicieux dans le regard.

— Tu ne crois pas que c'était mon plan depuis le début ? déclara-t-il, tout en lui tendant une pile de vêtements.

Elle leva les yeux et observa ce qu'il avait dans les mains.

— Où as-tu trouvé ça ? Des vêtements de femme en

plus !

— Foster les a rapportés de l'ancienne chambre d'Ice.

— Nous faisons la même taille ? demanda-t-elle.

Il brandit un legging et un tee-shirt.

— Je me suis dit que même s'ils étaient trop longs, ils feraient l'affaire. Tu peux toujours retrousser les jambières, si elles traînent.

Harrison lui tendit les affaires.

— Tu as trois minutes pour te préparer avant le petit-déjeuner.

Elle attrapa les vêtements, fut surprise de trouver quelques options de sous-vêtements et s'habilla rapidement. Elle se rendit compte qu'Harrison avait raison. Compte tenu de la description qu'il avait faite d'Ice, une guerrière amazone, le legging devait être un corsaire pour elle, mais pour Zoé, ils atteignaient ses chevilles. C'était très bien ainsi. Après avoir enfilé le tee-shirt, elle passa une brosse dans ses cheveux et les tressa. En entrant dans la cuisine, elle tordit les pointes ensemble pour qu'elles restent en place un moment.

Foster lui sourit.

— Bonjour !

Il se dirigea vers une armoire, ouvrit un tiroir et en sortit un élastique.

— Ce n'est pas l'idéal.

Zoé rit.

— Non, mais ce n'est pas loin.

Elle noua le bas de sa tresse. Elle regarda autour d'elle.

— Je peux faire quelque chose ?

Il secoua la tête.

— Allez vous asseoir !

Des portes s'ouvraient dans toutes les directions depuis la cuisine. Elle se rapprocha et répondit :

— Je le ferais si je savais dans quelle direction aller.

Il lui adressa un clin d'œil et la fit passer par la porte de droite qui donnait dans une immense salle à manger. Zoé arrivait la dernière. Elle lança un regard à Harrison, qui s'esclaffa.

— Le café est là-bas, fit Foster qui désignait le buffet où trônait un service à café complet.

— Je t'avais dit que les femmes prenaient toujours beaucoup plus de temps.

— J'avais un petit handicap, comme tu le sais… Je n'avais pas de vêtements.

— Problème que j'ai résolu…

— Oui, bien sûr. *Après* que tu te sois entièrement habillé !

Elle se versa un café et s'assit à côté de Richard.

— Bonjour !

Richard l'étudia attentivement. Zoé savait que le médecin en lui ne pouvait pas s'empêcher d'évaluer son état de santé général, mental compris. Elle lui adressa un sourire radieux et lui confia.

— La course de ce matin m'a beaucoup aidée.

Au lieu de sourire, il s'inquiéta.

— Vous n'avez pas dormi ?

Elle nuança.

— Si, mais j'ai connu des sommeils plus réparateurs.

— J'aurais dû y penser. J'ai quelque chose pour vous aider, si vous en avez besoin ce soir.

Zoé ouvrit la bouche, se préparant à refuser, quand elle sentit un coup de pied dans son tibia. Elle fronça les sourcils en voyant Harrison lui adresser un sourire bien trop innocent. Elle ne savait pas ce qu'il préparait. Elle resta silencieuse, regardant dans sa direction.

Foster entra avec un chariot, chargé de plusieurs grands plats de service avec des couvercles en argent. Elle sourit. Lorsqu'il retira les couvercles, un délicieux arôme se répandit dans la pièce. Zoé respira profondément pour l'apprécier pleinement.

— Ça sent drôlement bon, Foster !

Il découvrit des plats contenant du bacon et des saucisses. Lorsqu'il découvrit un plateau de crêpes, elle se réjouit presque. Il enchaîna avec un grand plat d'œufs brouillés.

— Je reviens dans quelques minutes avec des toasts.

Chacun se passa les récipients pour se servir. Zoé n'avait plus aucun scrupule à manger. Elle attrapa plusieurs crêpes, remplit son assiette de bacon et de saucisses. Lorsque les œufs arrivèrent, elle les ajouta à son assiette et s'y attaqua. Le problème, c'était qu'elle ne voulait pas manger trop vite, elle voulait profiter de ce repas. Elle était un peu à court de rations alimentaires ces derniers temps. Certains aliments méritaient d'être savourés.

Foster revint, s'assit avec eux. Zoé se sentit mieux. Dans la maison de son père, le personnel n'était pas le bienvenu à la table familiale. Elle était heureuse que ce ne soit pas le cas ici.

Lorsqu'elle eut fini, Zoé repoussa doucement son assiette, se sentant presque assez bien pour affronter le monde. Elle posa la question qu'elle avait sur le bout de la langue.

— Richard, comment va ma mère ?

Il hocha royalement la tête et répondit.

— Elle va mieux. Elle a passé une bonne nuit. Elle dort encore profondément. Lors de ses réveils, elle reste confuse, pas très lucide…

— Puis-je la voir ce matin ?

Richard opina.

— Tout à fait. On peut y aller après le petit-déjeuner si vous voulez.

Zoé acquiesça. Elle se leva, apporta la cafetière sur la table et remplit les tasses vides. Elle prit, enfin, la sienne et se resservit. Après avoir reposé la cafetière, elle se rassit.

Richard la regarda.

— Quels sont vos projets pour la journée, ma chère ?

Elle secoua la tête.

— Je ne sais pas trop encore. Voir ma mère, me renseigner sur l'état de mon père. Découvrir qui nous a tirés dessus la nuit dernière.

Richard sursauta.

— On vous a vraiment tirés dessus !

Zoé le confirma.

— J'imagine que Saul a vérifié que la Jeep n'était pas endommagée.

Le visage de Saul se durcit.

— Il nous a touchés. Heureusement, à un endroit qui n'a pas vraiment d'importance, le métal du support pour le pneu.

Zoé haussa un sourcil.

— C'est bien. De tous les endroits qu'ils pouvaient toucher, c'est le meilleur.

Saul alla dans son sens.

— Je n'apprécierais pas que mon bébé soit arrosé de coups de feu.

— Des nouvelles ? demanda Richard.

— Pas pour l'instant, répondit Harrison. Je suis sur le point d'appeler Levi. Je lui ai envoyé un rapport hier soir, mais il nous attend ce matin.

— Nous ? interrogea Zoé.

Il acquiesça.

— Son message disait qu'il voulait te parler aussi.

Zoé posa ses coudes sur la table et le scruta.

— Tu sais qu'il n'y a pas de *nous,* n'est-ce pas ? Je m'en sortais bien jusqu'à ce que tu te pointes et que tu me traînes partout. Je ne connais pas Levi et, sans vouloir insulter Richard, je ne connais pas sa fille non plus. Zoé lança un regard d'excuse à Richard.

Richard inclina la tête et affirma :

— J'espère que tu auras l'occasion de la rencontrer. Elle est unique.

— D'après ce que j'ai entendu, ils le sont tous les deux, déclara Zoé. Je ne suis pas sûre de vouloir faire quoi que ce soit avec qui que ce soit, en ce moment.

Saul la fixa et lui demanda :

— Pourquoi as-tu quitté l'armée ?

Elle le toisa.

— Mon temps était écoulé.

Il arqua un sourcil.

— Pourtant, tu es passée du statut de meilleure des meilleures, de première de la classe, à des problèmes d'autorité et de gestion de la colère.

Au fond de Zoé, son cœur se serra. Elle voulait leur dire que ce n'étaient pas leurs affaires. Mais elle savait qu'elle devrait répondre à leurs questions un jour ou l'autre. Elle avait beau essayer, son expérience militaire la hanterait à jamais.

— La vie est ainsi faite. Nos perspectives changent. Nous voyons les choses différemment. J'ai perdu tout respect pour l'armée. Je ne pouvais plus suivre leurs règles. Les ordres des supérieurs devenaient une insulte. Je devais partir.

Les hommes échangèrent un regard, alors Zoé ajouta.

— Je me fiche que vous me compreniez ou non.

— Nous te comprenons, affirma Harrison. Nous nous sommes tous heurtés à des ordres, à une hiérarchie que nous n'aimions pas, à des gratte-papiers qui dirigeaient des opérations sans la moindre connaissance de la réalité du terrain.

Il haussa les épaules.

— Il n'y a pas un seul d'entre nous, ici, qui ne puisse appréhender ça.

Elle se réinstalla.

— Je suppose que ce que je demande, ou plutôt ce que je devrais demander, c'est si ce qui t'est arrivé a quelque chose à voir avec ce qui t'arrive aujourd'hui, déclara Saul.

Zoé réfléchit.

— Je ne crois pas.

Bien sûr, elle l'avait envisagé. La dernière chose qu'elle voulait, c'était revivre ce cauchemar. Pourtant, elle ne voulait surtout pas oublier. Elle n'avait pas vraiment envie de leur expliquer. Si ça avait quelque chose à voir avec les événements actuels, alors elle était dans le pétrin. Il n'y aurait aucun moyen d'éviter une discussion à bâtons rompus. Harrison insisterait pour qu'elle lui avoue tout.

Elle ne voulait pas le faire.

QUE FAUDRAIT-IL FAIRE pour que Zoé partage avec eux ce qui s'était passé ? Harrison ne savait pas si ça avait un lien avec les récentes attaques contre ses parents, mais il était sûr que c'était lié au développement actuel de sa personnalité. La femme qui était entrée dans l'armée, peut-être par défi, peut-être par empressement, en était ressortie amère et en colère. Il savait que le parcours des femmes au sein de cet univers était très différent de celui des hommes. Il avait entendu beaucoup d'histoires. Il connaissait beaucoup de femmes qui s'étaient engagées, partaient et revenaient. D'autres n'avaient pas supporté ce monde dominé par les hommes, qui les respectaient à peine à bien des égards, elles étaient définitivement parties. Il pouvait facilement imaginer que c'était le cas de Zoé. Mais il craignait que ce ne soit plus grave que cela.

Le harcèlement sexuel était monnaie courante. Il espérait qu'il ne s'agissait pas de quelque chose d'aussi détestable. Qu'était-il arrivé à son amie décédée ?

En réfléchissant à sa vie dans l'armée, Harrison se rendit compte qu'il avait un problème avec les relations amoureuses. Il avait une fiancée qu'il avait l'intention d'épouser lorsqu'il s'était engagé. Elle l'avait très bien accepté. Il avait découvert, par la suite, qu'elle avait eu une liaison pendant tout ce temps-là. Cela l'avait rendu amer. D'autant plus qu'il l'avait trouvée au lit avec son amant, son propre frère… Depuis, Harrison avait appris à maîtriser son tempérament, à faire preuve de patience, de tolérance et d'acceptation.

Peut-être que Zoé avait aussi beaucoup appris, dans un tout autre domaine. La méfiance. C'était une mauvaise chose pour Harrison. Lorsqu'elle était aussi en colère, elle devenait presque inapprochable. Ce matin, il l'avait regardée courir, envahie par cette folle révolte, avalant les kilomètres. Il devait courir deux fois plus vite pour la suivre. Elle courait pour se débarrasser des démons qui l'assaillaient et non pour le plaisir de ressentir la sensation de son corps, la puissance saine de ses muscles.

Il comprenait. Il avait vécu de nombreuses séances d'entraînement similaires.

Son téléphone sonna. Le nom de Levi s'afficha. Harrison savait que Levi en savait plus que lui sur le dossier militaire de Zoé. Il se leva et s'excusa.

— Je dois vérifier certains documents que Levi a envoyés. J'en ai pour dix à quinze minutes. Quand j'aurai fini, nous l'appellerons puis irons, ensuite, à la clinique pour que tu puisses voir ta mère. Tu es d'accord ?

Zoé valida cette organisation, le regard dans le vide, perdue dans ses pensées. Harrison attendit un moment pour s'assurer qu'elle avait vraiment compris ce qu'il avait dit.

Elle fit un signe de la main.

— Je vais prendre une autre tasse de café et ensuite, si je dois parler à Levi, je le ferai. Mais j'ai envie d'aller voir maman dès que possible.

Harrison opina et se dirigea vers sa chambre. Il saisit son ordinateur portable et vérifia rapidement le courriel que Levi avait envoyé. Les fichiers étaient succincts. Autrement dit, quelqu'un de haut placé avait vu l'intérêt de faire procéder à une enquête sur Zoé et avait rédigé un rapport. Il s'assit et en prit connaissance.

Ce qu'il apprit le mit hors de lui.

Tamara Vettering. L'amie de Zoé avait été victime d'un viol collectif, un matin. Zoé l'avait trouvée et avait appelé les secours. Tamara avait survécu, physiquement ; sur le plan psychique, elle avait été effroyablement traumatisée.

Les militaires suspectés semblaient tous avoir un alibi. Le témoignage de Tamara avait été rejeté par le médecin qui avait déclaré que ses blessures semblaient avoir été auto-infligées. Harrison leva la tête et fixa le mur du fond.

— Comment *s'inflige-t-on* des blessures liées à un viol ? En s'empalant avec quoi ? Et pourquoi ?!

Tamara avait voulu quitter l'armée avant le terme de son engagement. Elle s'était battue avec acharnement pour que ses assaillants soient traduits en cour martiale. Mais comme aucune trace de sperme n'avait été retrouvée ; il n'y avait aucune preuve d'ADN. Elle était dans les douches. Tout avait été lavé. Pas d'empreintes digitales. Pas de témoins. Tamara n'avait pas été jugée crédible. L'incident avait été clos.

Harrison se leva et se frotta le visage.

— Si c'est réellement ce qu'il s'est passé, si Zoé en a été totalement et intimement convaincue, alors, rien de ce qu'ont dit ces militaires par la suite, n'a pu la convaincre. Elle a voulu que justice soit faite.

Il reprit sa lecture et grimaça. Tamara, incapable de supporter les moqueries, le changement d'atmosphère autour d'elle, s'était finalement suicidée. Dans les douches où elle avait été violée. Zoé avait retrouvé le corps de son amie.

Harrison se pencha en arrière et ferma les yeux.

— Merde !

Bien sûr que Zoé était en colère. Bien sûr qu'elle souffrait. Bien sûr, qu'elle voulait que justice soit faite, même si elle pressentait qu'elle ne l'obtiendrait probablement jamais. Et, même si elle l'obtenait, il était bien trop tard.

Malheureusement, les accusations d'agressions, d'abus et de harcèlement sexuels étaient monnaie courante dans l'armée. Harrison comprit qu'il s'agissait d'un problème majeur. Les mesures prises étaient insuffisantes. Il fallait protéger les femmes qui s'engageaient à servir leur pays.

— C'est pour ça que Zoé s'est battue.

Il parcourut rapidement le reste de la paperasse, réalisant que Zoé n'avait pas abandonné. Elle avait bataillé pour que le dossier de Tamara soit rouvert et que les supposés responsables soient jugés. Justice pour son amie. Aucune mention n'était faite des noms des hommes impliqués. *Bien sûr, il n'en a pas été question. Cela aurait entaché leur dossier militaire.*

Mais Tamara avait été la cible de moqueries de la part

des autres membres de son équipe. Une autre raison pour laquelle tant de victimes de viol n'avaient jamais parlé. Lorsqu'elle s'était suicidée, Tamara avait été reléguée au rang de statistique : *une femme de plus qui n'a pas su assurer dans cet univers presque exclusivement masculin.*

Harrison resta assis un long moment. Tamara n'était peut-être pas la meilleure recrue pour l'armée. Elle avait peut-être besoin d'un suivi psychologique. Si elle s'était auto-infligée ça, c'était indubitable. Mais si elle avait été violée, il était indispensable qu'elle soit soutenue par tous les moyens possible et par tous. Au lieu de ça, elle avait été contrainte de subir cet environnement moqueur et malveillant. Encore et encore. Jusqu'à ce qu'il ne lui reste plus rien et qu'elle finisse par s'ôter la vie.

Harrison reposa son ordinateur portable et se leva, la colère l'envahissait. Il observa ses poings fermés et réalisa qu'il exécrait l'injustice, peu importait comment ou pourquoi elle se produisait.

En général, il appréciait et respectait la plupart des militaires. En ce moment, à l'égard de l'un d'entre eux, c'était une autre histoire… Le fait qu'Harrison ne fasse plus partie de cette énorme machine était une bonne chose. Au fur et à mesure qu'il intégrait le groupe de Levi, il lui devenait de plus en plus difficile de se remettre dans le moule formaté d'un bon SEAL. Maintenant qu'il était sorti de ce cadre, il était un homme meilleur. Son propre point de vue lui était un peu plus facile à gérer. Le monde était tellement plus vaste que ce que l'armée en laissait voir. Aujourd'hui, il aimait ce qu'il faisait.

Il avait servi fièrement son pays. Dorénavant, au sein de *Legendary Security,* il n'avait plus à se préoccuper d'une hiérarchie, qu'il considérait, parfois, comme plus ou moins incapable.

Harrison franchit la porte de sa chambre et se dirigea vers le rez-de-chaussée. Son téléphone sonna, c'était Levi. Harrison lui envoya un message disant qu'il était en train de rejoindre Zoé pour la conférence téléphonique. Il entra dans la cuisine. Aucune trace d'elle. Il jeta un coup d'œil dans la salle à manger : vide.

Foster déclara :

— Elle est allée dans sa chambre, récupérer ses vêtements.

Harrison acquiesça.

— D'accord, je vais voir. Il espérait que c'était vrai. Car si Zoé était partie, ce n'était pas une bonne nouvelle.

Devant l'entrée de la suite, Harrison s'arrêta et frappa. Aucune réponse ne lui parvint. Détestant ses soupçons, il poussa la porte et entra. La chambre était vide. Les vêtements de Zoé étaient encore là. La porte de la salle de bain était fermée.

— Zoé ? Tu es là ? Nous sommes prêts pour appeler Levi.

La réponse, en provenance de la salle de bain, le rassura.

— Je serai là dans cinq minutes !

Il ne voulait pas patienter dans le couloir, alors il resta dans l'embrasure de la porte et l'attendit.

Chapitre 8

Z OÉ RANGEA LES gants de toilette et serviettes, puis nettoya la salle de bain. Elle ne voulait pas avoir l'air d'une invitée irrespectueuse. Sa mère l'avait mieux éduquée que ça. Après avoir jeté un dernier coup d'œil autour d'elle, ses vêtements sales pliés dans son sac, Zoé regagna la suite principale.

Harrison était adossé à l'entrée de sa chambre, les bras croisés. Il jeta un coup d'œil à son bagage et dit :

— Si tu veux récupérer le reste de tes affaires, tu peux faire ta lessive ici.

Elle grimaça.

— Je n'ai aucune idée de ce que je vais faire, d'où je vais aller.

— Tu devrais faire quelque chose de ta vie.

— Pas avant d'avoir tourné certaines pages.

Il s'éloigna et se dirigea vers l'escalier.

— Tu devrais aussi choisir un combat pour lequel te battre. Mais bats-toi intelligemment ! Harrison regardait droit devant lui en parlant.

Zoé étudia son profil. Que se passait-il ? Elle comprit.

— Tu as lu mon dossier ?

Il haussa un sourcil, mais ne mentit pas.

— Bien sûr. Et celui de ton frère, de ta mère et de ton père.

Ses épaules se voûtèrent.

— Évidemment.

— Oui, évidemment. Ton père est mourant. Ta mère a été sévèrement battue. Sans compter que ton père est sénateur. Il occupe une position importante. Tu crois vraiment que tout le monde *ne cherche pas à savoir* ce qui s'est passé pour attraper le responsable ?

— Tu n'avais pas besoin de fouiller dans mon passé, dans les détails de ma vie privée.

— Tu me l'aurais dit ?

Zoé grimaça.

— C'est personnel. C'est privé.

— Il n'y a rien de personnel ni de privé à ce sujet-là. Tu as survécu à l'enfer, c'est un fait. Tout le monde sait que tu es en colère. Que tu cries justice pour ton amie.

— Ça n'a pas servi à grand-chose, dit-elle avec amertume.

— Dis-moi, comment peux-tu être sûre qu'elle a été violée ?

Zoé s'assombrit, les paroles d'Harrison confirmaient ses pires craintes.

— Parce que je la connaissais. Je connaissais aussi les salauds qui lui ont fait ça. Pourtant, je n'avais aucun moyen de le prouver.

Zoé secoua la tête. Je sais seulement qu'ils l'avaient déjà fait. Il s'arrêta et fit volte-face pour la fixer.

— Tu en es sûre ?

— Avec Tamara, nous avons rencontré plusieurs autres femmes pour qu'elles se regroupent et qu'un avocat les représente, toutes, dans le cadre d'un recours collectif. Dans l'armée, ce n'est pas si facile. Les victimes étaient terrifiées. Je ne pouvais et ne peux toujours pas les blâmer. Ce qu'elles avaient vécu était déjà assez traumatisant. Il fallait bien que cela se termine, d'une façon ou d'une autre. Malheureusement, Tamara a choisi sa fin et je n'ai pas pu l'en empêcher.

— Et aujourd'hui, tu ne peux pas laisser tomber ?

Harrison l'observa.

— Tu te bats toujours contre eux ? Tu les as pris en chasse ?

Zoé vacilla. Lorsqu'elle reprit le contrôle, elle demanda :

— Qui ?

Au regard qu'il lui lança, elle comprit à quel point il la connaissait déjà. Elle leva les mains en l'air.

— Pas vraiment. Je veux les faire payer, mais… légalement. Pour l'instant, je n'ai pas encore trouvé le moyen de le faire, c'est pour ça que je suis si en colère, si frustrée. Je ne peux pas supporter de laisser ces connards s'en tirer en toute impunité.

Harrison acquiesça.

— Qui sont-ils ?

Il sortit son téléphone. Elle soupesa sa réponse pendant un long moment. Pouvait-il faire quelque chose pour l'aider ?

— Paul Canley, Jeff Jorgensen, Lawrence Hitchcock, Randy Maguire et Lee Wilson.

Harrison inscrivit les noms au fur et à mesure qu'elle les prononçait et les envoya à Levi.

— Tu crois vraiment que Levi en a quelque chose à foutre ?

Harrison la tança :

— Levi se soucie de beaucoup de choses. Le viol en fait partie, battre une femme aussi. *Aucun* d'entre nous ne les tolère.

Il lui lança un regard intense.

— Nous ferons de notre mieux pour nous assurer que

ces hommes soient reconnus coupables pour ce qu'ils ont fait.

Zoé ricana.

— Tu crois que je n'ai pas déjà entendu ça de la part de trois douzaines de militaires au cours des deux dernières années ?!

Elle secoua la tête.

— Aucun d'entre eux ne le pensait vraiment.

— Eh bien, pas nous ! Peut-être que nous pouvons faire la différence.

Elle éclata de rire, mais avec une pointe de dureté.

— Merde !

Harrison lui saisit le bras et la tira vers lui.

— Est-ce que l'un de ces hommes a quelque chose à voir avec les attaques contre ton père et ta mère ?

— J'aimerais le savoir ! s'écria-t-elle. Je veux vraiment que ces connards tombent. Et je veux qu'ils paient pour tout ce qu'ils ont fait !

— T'ont-ils déjà attaquée ?

Zoé confirma.

— L'un d'eux a essayé. Je lui ai cassé deux doigts.

— Bravo !

— J'aurais dû lui briser la queue.

— Aïe !

— C'est tout ce qu'il méritait.

Harrison haussa les épaules.

— Peut-être, mais en tant qu'homme, je ne peux pas dire que j'aime entendre ça.

Ils traversèrent le salon.

— Où va-t-on ?

— Dans le bureau de Richard.

— Pourquoi ?

— Il est insonorisé et sans micros. Il est équipé d'un système de sécurité, empêchant toute tentative de piratage ou d'écoute.

— D'accord, le truc du super-espion, c'est un peu bizarre chez un médecin. Pourquoi diable a-t-il tout ça ?

— Parce qu'il discute tout le temps avec Ice. Père et fille ne veulent pas qu'on surveille chacun de leur mot, expliqua Harrison en haussant les épaules. Je l'ai installé pour lui. C'est très pratique quand nous venons en visite.

— Plutôt, oui.

Dans le bureau, Dakota et Saul les attendaient. Zoé les salua d'un signe de tête.

— C'est une conférence téléphonique ?

La voix de Levi emplit la pièce.

— Zoé, Ice est avec moi ainsi que quelques-uns de nos hommes. Qu'avez-vous vu exactement la nuit où vous avez rendu visite à vos parents ? Et partagez, aussi, tout ce que vous avez entendu.

Zoé jeta un coup d'œil au haut-parleur qui trônait au milieu du grand bureau.

— Et si je ne veux pas *partager* ?

La réponse de Levi fut un silence total.

— Elle le fera, Levi. Elle est juste en train de tenter de gagner du temps pour savoir quoi dire sans rien dire, s'emporta Harrison. Allez, Zoé ! Assez de conneries ! On nous a tirés dessus hier et ton père est en train de mourir. Ta mère bénéficie d'une sécurité permanente à la clinique, mais si ce n'était pas suffisant ? Et si celui qui l'a attaquée voulait finir le travail ?

Zoé s'affala sur la chaise la plus proche.

— D'accord.

Elle ferma les yeux, fit le tri dans ses pensées, prit une

grande inspiration et commença.

— J'étais à la maison pour le week-end. Pendant le dîner, mes parents se sont disputés. Mon père est un homme arrogant et égoïste qui ne croit pas qu'en dehors du lit, les femmes aient une place dans le monde.

Zoé inspira, de nouveau, profondément et poursuivit d'une voix plate et monocorde.

— Mon frère était présent également. Nous ne nous sommes jamais vraiment entendus. Mais ce soir-là, au dîner, peut-être à cause de ce qui était arrivé à Tamara ou parce que je voyais ma mère subir, encore une fois, les mauvais traitements de mon père, j'ai craqué et je lui ai dit de fermer sa gueule et de laisser maman tranquille.

Zoé leva sa main et se frotta la tempe.

— Et ensuite ? demanda Levi. Que s'est-il passé ?

— Il y a eu un étrange silence à table. Mon père est devenu tout rouge, furieusement en colère. Au lieu de m'engueuler, comme il le faisait d'habitude, il s'est levé et a quitté la pièce. Ma mère s'est précipitée pour s'asseoir à mes côtés. Elle m'a enlacée en me disant : « *Tu dois t'enfuir. Tu as dépassé les bornes. Tu dois partir. Maintenant* ! »

La voix de Zoé faiblit.

— Mon père est revenu quelques instants plus tard, une arme à la main.

Elle refusait de regarder qui que ce soit pendant qu'ils l'écoutaient.

— Tout ce que j'avais en tête alors, c'est qu'il allait tuer ma mère. Maintenant, je réalise que c'est moi qu'il voulait abattre.

— Qu'a fait votre frère ?

— Quand il a entendu ce que maman me disait, Alex a ri. Il ne vaut pas mieux que mon père. Il pourrait être le prochain connard d'homme politique à recevoir des pots-de-vin et à ramasser des femmes, juste pour s'en servir au maximum avant de les jeter.

Zoé tenta désespérément de maîtriser ses émotions. Elle joignit les mains sur ses genoux et prit plusieurs inspirations profondes.

— Quand votre père est entré avec l'arme, qu'a fait votre frère ? demanda Levi.

— Il s'est levé de table et a reculé. Mon père a pointé son arme sur moi, mais, bien sûr, ma mère s'est interposée. Elle essayait toujours de me protéger des coups de mon père, jusqu'à ce que je devienne assez forte pour me défendre.

Zoé secoua la tête.

— Il a alors cessé de me frapper. Grâce à ma menace de dénoncer ses agissements, il a aussi arrêté de s'en prendre à ma mère, du moins, quand j'étais là… Mais quand j'étais absente…

Zoé regarda ses mains et vit du sang dans ses paumes. Ses poings étaient tellement serrés que ses ongles les avaient blessées. Elle les enfouit sous ses cuisses et releva la tête.

— Vous devez comprendre ce que c'est que de vivre avec cette maltraitance. C'est un conditionnement quotidien. J'ai été élevée avec ça dès mon plus jeune âge. Quand j'ai compris à quel point c'était mal et combien ma mère avait encaissé, je n'ai pas pu faire grand-chose. Je quittais la maison aussi souvent que possible, car ma présence rendait mon père encore plus mauvais. Je détestais l'internat, mais si cela rendait ma vie ou celle de ma mère plus facile, j'y allais volontiers. J'ai suivi des cours d'arts martiaux, de tir à l'arc et d'autodéfense. Aucun n'était très approprié pour une jeune fille, selon *lui*, dit-elle d'un ton caustique. Nous étions censées faire du ballet, de l'escrime et suivre des cours pour devenir une parfaite maîtresse de maison. Rien de tout cela ne vous prépare à un père qui vous brise les os et vous endommage bien au-delà de la surface de votre peau, de vos muscles. Personne ne voulait savoir ce qu'il nous faisait. L'école fermait les yeux. Derrière nos portes closes, personne, même dans mon cercle amical, ne voulait savoir ce qui se passait.

Zoé éclata de rire.

— Mon frère le savait, lui. Il s'en foutait.

Zoé n'avait pas eu l'intention de leur confier tout cela. Une fois le barrage ouvert, tout était sorti.

— Que s'est-il passé quand ton père est entré, armé, dans la pièce ? Après que ta mère s'est placée devant toi ? demanda Ice.

— Il a brandi son arme et nous a crié dessus. Ma mère a essayé de le calmer. Il ne voulait rien savoir. Ma mère m'a demandé de partir. Mon père m'a dit de foutre le camp et de ne jamais revenir. Je me suis dit que je ne faisais qu'empirer les choses, qu'il fallait que je parte. Alors, je l'ai fait. Je me suis levée de table, j'ai pris mon sac à main et je suis partie.

— Et encore une fois, où était votre frère ? demanda Levi.

— Il était dans la salle à manger, pour autant que je sache.

— Qu'est-ce qui s'est passé ensuite ? Qu'as-tu vu ? Ce n'était manifestement pas fini… demanda Saul.

— Je pense que mon père a probablement baissé son arme et s'est servi de ses mains pour tabasser ma mère… Vous devez comprendre qu'il se servait d'elle pour se défouler. Il aimait ça. Il adorait la voir se recroqueviller et s'effondrer, brisée, en sang sur le sol. Elle était son punching-ball. Vous savez tous ce que c'est que de s'entraîner, de sentir cette puissance dans vos bras, vos poings, vos jambes lorsque vous frappez et réduisez quelque chose en bouillie. C'était mon père. Ma mère et moi étions ses sacs de frappe. Après une seule raclée de mon père, Alex a été sauvé à jamais. Je pense que c'est parce qu'il avait un pénis et que nous n'en avions pas – son ton devint sarcastique –. Je ne sais pas si ma mère a tiré sur mon père. Honnêtement, si elle l'a fait… Bravo ! Elle aurait dû l'abattre depuis longtemps… Peut-être qu'elle a craqué et qu'elle a fini par s'en débarrasser.

— Pourtant, on lui a tiré dessus au niveau de la porte d'entrée, commenta doucement Harrison.

Zoé se pencha en arrière.

— Qui sait ? C'est peut-être une supposition qui a été formulée pour s'adapter aux circonstances. Si c'est ma mère, la responsable, je suis d'accord. Ce salaud aurait dû mourir il y a plus de trente ans. Il n'aurait jamais dû naître. Quant à mon frère, ce n'est qu'une fouine. Bien trop faible, trop lâche… Je ne pense pas qu'il ait jamais touché quelqu'un. Il a essayé, avec moi, une fois. Quand j'étais petite. Ma mère est intervenue et l'a arrêté.

— Il n'a jamais réessayé ? demanda Harrison.

— Non, jamais. Ses tortures sont bien plus sadiques. Il était beaucoup plus blessant verbalement. Il aimait les violences et les tortures psychologiques. Il avait l'habitude de venir dans ma chambre la nuit. Il se tenait au bout de mon lit et me susurrait que mon père allait bientôt arriver. J'ai mouillé mon lit jusqu'à l'âge de douze ans – Zoé secoua la tête –, les cauchemars que je faisais, sachant qu'il régnait sur moi, à l'abri des regards, étaient terrifiants.

— Ton frère est un connard sadique !

Saul se leva d'un bond.

— Je me ferai un plaisir de le réduire en bouillie.

Zoé ricana.

— Tu serais bien le seul. C'est l'enfant chéri. Mon père ne tolérerait pas un seul mot contre lui, il le pense parfait.

Zoé gémit.

— Mais, ça ne veut pas dire pour autant qu'Alex ait quelque chose à voir avec ça. Il n'est pas du genre à se salir les mains.

SAUL AURAIT PEUT-ÊTRE aimé passer quelques minutes seul avec son frère, mais Harrison savait que, s'il mettait la main sur le sénateur, ses équipiers devraient s'assurer qu'il ne le tue pas. Et Alex ? Un garçon qui tourmentait ainsi sa petite sœur, déjà battue par leur père, était complètement pourri, brisé à l'intérieur. Apparemment, les hommes dans cette famille avaient de gros problèmes.

Harrison avait déjà vu ce genre de familles. Il avait croisé beaucoup de gens qui passaient leur vie à oublier ou à cacher ce qu'ils étaient. Quand finalement, leurs masques tombaient, ils se révélaient et devenaient arrogants. Leur ego était suffisamment grand pour qu'ils se croient intouchables. Alex était jeune. Il avait des années et des années devant lui pour continuer à abuser de nombreuses femmes. S'il avait des enfants, qu'est-ce qui l'empêcherait de les battre comme son père tabassait sa mère et sa sœur ? Pas grand-chose.

Harrison jeta un coup d'œil circulaire et déclara :

— Nous devons trouver Alex et fouiller un peu plus dans son passé. Il allait et venait librement dans la maison de tes parents. Il y avait sa chambre, nous avons besoin d'en savoir plus. Nous devrions parler à ses associés, à ses voisins, aux personnes avec lesquelles et pour lesquelles il travaille. Et où vit-il quand il n'est pas chez eux ?

La voix d'Ice se fit entendre, haut et fort :

— Nous pouvons enquêter d'ici. Vous devez le retrouver, physiquement.

— Vous ne m'écoutez pas, dit Zoé. Je ne pense pas qu'Alex ait quelque chose à voir avec les attaques contre ma mère et mon père.

Les hommes se retournèrent et la dévisagèrent. Zoé leva les mains en l'air.

— Qu'est-ce que vous croyez que je ne vois pas ?

Harrison lui expliqua.

— Il pouvait commettre toutes sortes de choses sans, pour autant, se salir les mains. Quelque chose à l'intérieur de lui a pu facilement se briser. Il a très bien pu être celui qui a organisé les deux attaques. Nous ne le saurons pas avec certitude, tant que nous n'aurons pas effectué des recherches. Et qu'en est-il du personnel qui habite chez vous ?

Harrison la regarda.

— Nous n'avons toujours pas obtenu de réponse de ta mère.

Zoé porta à nouveau sa main à sa tempe. Harrison l'observa, constatant la fatigue, l'inquiétude et la douleur traverser ses traits.

— Johan est le chauffeur. Il s'occupe des jardins et de la cour. Il s'occupe également des artisans qui vont et viennent. Angelina se charge de la cuisine et de la maison. Elle gère le personnel supplémentaire qui vient, une fois par mois, pour faire le ménage.

Zoé fronça les sourcils, se demandant où ils étaient lorsque son père avait été abattu.

— Ils sont mariés et travaillent pour mon père depuis longtemps.

— Des enfants ?

Elle acquiesça.

— Des garçons. Deux. Quinze mois d'écart, tous les deux adultes maintenant. Aucun ne vit plus là-bas.

— Tu les connais bien ?

— Je les connaissais très bien. Mais mon père ne voyait pas d'un bon œil cette amitié. À l'époque, il les a envoyés à l'école. Je suis sûre que c'était pour nous séparer. Même si nous étions, également, à l'internat, nos jours de congé, nos vacances, ne coïncidaient jamais. Je ne sais donc pas où ils sont aujourd'hui.

— Nous les ajoutons à la liste des personnes et choses à vérifier, annonça Ice.

Harrison lui accorda quelques minutes pendant que les autres établissaient leur emploi du temps : qui devait aller où, ce qu'ils devaient y faire ? Puis, il se tourna vers le haut-parleur.

— Levi, as-tu eu des nouvelles de la part des flics ?

— Oui. Une seule balle, dans la tête, a été tirée d'une arme de poing de calibre 22. Le sénateur avait une arme non enregistrée. Ils ne l'ont pas encore localisée pour certifier si c'est ou non celle qui a servi. Aucun membre du personnel n'était présent pour être interrogé. Harrison, dit Levi, va chez le sénateur et parle-leur ! Vois, s'ils peuvent confirmer tout ça ! Et demande-leur s'ils ont une idée de l'endroit où se trouve Alex, ou sur ce qu'il est devenu.

— Johan et Angelina sont très loyaux envers mon père, précisa Zoé. Ils ne diront rien de désagréable sur lui. Ils occupent une maison sur la propriété. Ils tairont tout ce qui risque de leur faire perdre leur emploi et leur logement.

— Parce qu'ils craignent de perdre leur salaire ?

Zoé acquiesça.

— Pourtant, leur relation avec mon père est solide. Mais

Angelina… il y a quelque chose en elle. Elle n'était pas aussi amicale avec moi qu'avec le reste de la famille. Je ne sais pas vraiment… Je n'ai pas eu beaucoup de liens avec eux. Alors, je vais vous laisser vous faire votre propre opinion.

— D'accord, dit Saul. Mais tout ce que tu pourras nous raconter nous aidera.

— Et si le sénateur meurt ? demanda Levi. Quelle est la relation entre le couple et votre mère ? Est-elle susceptible de les garder à son service ?

Harrison regarda Zoé grimacer.

— Ma mère est très généreuse. Elle se laisse très facilement avoir. Elle a déjà subi des décennies d'abus. Honnêtement, je ne pense pas que Johan ou Angelina soient violents physiquement. Mais, ils pourraient se révéler extrêmement manipulateurs pour obtenir la garantie de rester là où ils sont.

— Ils ont l'air d'être les vrais gagnants dans tout ça. Que recommanderais-tu à ta mère de faire lorsqu'elle rentrera chez elle ? demanda Harrison.

— Je lui dirai de vendre la maison, de se débarrasser du personnel, de déménager dans un climat plus doux pour tout recommencer.

— Est-elle susceptible de t'écouter ? demanda Saul.

Elle lui jeta un coup d'œil et haussa les épaules.

— C'est vraiment difficile à dire. Ma mère est très intelligente. Mais, après trente ans de vie dans la terreur, je ne sais pas si elle est encore assez forte pour changer.

— A-t-elle de la famille ? Quelqu'un qui pourrait l'aider à s'en sortir ? demanda Dakota.

Zoé sourit.

— Tante Betty vit en Allemagne. Elle a dit à ma mère de foutre le camp, il y a longtemps. Elle est mariée à un

Allemand. Lui aussi a dit à ma mère de partir, il y a long-temps aussi.

— Manifestement, elle ne les a pas écoutés. D'autres membres de la famille ?

— Mes quatre grands-parents sont décédés.

— Vous vous souvenez d'eux ? demanda Levi. Avaient-ils des relations avec le sénateur ? Et vous avec eux ?

Zoé se récrimina.

— Rien en dehors des dîners officiels où je n'avais pas le droit de parler. Je n'étais autorisée à être vue qu'à l'occasion du cocktail, lorsque mon grand-père paternel se montrait. Il n'avait pas de temps à me consacrer.

— Je pensais qu'il fallait envier les enfants riches, lâcha Dakota. Mais, franchement, ça ressemble à une vie mer-dique.

Elle lui lança un regard.

— Tu sais ce que c'est que de jouer dans une cour de récréation, n'est-ce pas ?

Dakota acquiesça.

— Bien sûr. Comme tous les enfants.

Zoé le contredit.

— Non, pas comme tous les enfants. Je n'ai pas eu ce droit. Je n'ai jamais été autorisée à le faire. Je ne suis jamais montée sur une balançoire. J'ai presque trente ans et je n'ai jamais fait de balançoire ! Je sais que c'est une comparaison stupide, mais cela devrait vous donner une idée. Je n'ai jamais fait de pique-nique. Je n'ai jamais participé aux journées sportives à l'école. Je n'ai jamais connu de soirée pyjama chez des amis ou quoi que ce soit d'autre. Il n'était question que d'études et, bien sûr, de drogues et de sexe, en dehors des heures de cours. Si vous pensez que les internats ne sont rien d'autre qu'un moyen pour les riches d'accéder plus facilement à tout ce que je viens d'énoncer, vous vous trompez. Ils ont beaucoup d'argent, ils sont arrogants et égoïstes… S'il y a des problèmes, soit les parents achètent le directeur, soit ils paient des pénalités pour que leur enfant continue son petit bonhomme de chemin. J'avais l'habitude de me demander pourquoi je ne pouvais pas aller dans une école publique où les enfants jouent à cache-cache, font des tags et tapent dans un ballon.

Finalement, elle tendit les bras.

— Mon père m'a même arraché ma balle de base-ball et mon gant des mains. Ce n'était pas *digne d'une dame*.

Après avoir échangé un rapide coup d'œil avec les autres, Harrison s'assit et réalisa qu'il n'avait jamais eu aucune idée de cette réalité jusqu'alors.

— Aucun d'entre nous n'a jamais imaginé ça. Nous avons tous eu une éducation plus ou moins normale. Nous avons fait des soirées pyjama chez des amis. Nous participions aux jeux classiques le samedi matin au stade, nous faisions du vélo et nous traînions ensemble.

— Faire du vélo ? Non.

Zoé s'esclaffa.

— Eh non, je n'ai jamais fait de vélo !

Elle écarta les bras.

— Bien sûr, je peux apprendre. Mais, il y a quelque chose de très triste dans le fait d'apprendre à faire du vélo quand on a presque trente ans. J'ai raté tellement de choses en grandissant. Et pourtant, j'avais tout ce que je pouvais désirer, à bien des égards. J'avais accès aux jeux électroniques les plus fantaisistes. J'avais une chambre à coucher probablement plus grande que l'appartement de la plupart des gens. Mais, j'étais seule. Je n'avais pas le droit d'inviter une amie à dormir chez moi, parce que ma mère avait toujours peur. Je ne pouvais pas avoir d'amies à la maison, parce que, soit mon père la battait, soit il était d'humeur à m'agresser verbalement. En grandissant, j'ai choisi que personne ne connaisse ma famille. Ma maison n'était pas un foyer. C'était une prison dans laquelle j'ai choisi d'être seule, parce que si quelqu'un était venu, cela aurait été pire. Si vous voulez vraiment déchirer ma famille, dévoilez tous nos secrets. Annoncez aux informations que nous sommes l'une des pires familles de la région ! Quand j'ai dit que *je ne savais rien d'autre*, j'étais sincère. Je n'ai rien à voir avec mon frère ou mon père. La seule personne avec laquelle je suis restée en contact est ma mère. Et même ça, cela a été très difficile parce qu'elle ne voulait pas le quitter. Je ne la voyais donc pas souvent à la maison. Quand je la voyais, il en résultait toujours une scène comme ce qui s'était passé la dernière fois.

— Ce n'était pas un événement inhabituel pour vous ? demanda Levi. Le sénateur avait ce genre de crises, en permanence ?

— Oui, même s'il n'était jamais allé jusqu'à sortir son arme. J'ai essayé, pour le bien de ma mère, d'être une fille obéissante. Car c'était elle qui payait en premier. J'ai fait en sorte de la retrouver, en dehors de la maison, le temps d'un café. Mais s'il apprenait où elle allait, il ne le lui permettait pas non plus.

Harrison se figea et dit :

— Alors, la question de ta présence là-bas, cette nuit-là, se pose d'autant plus. Tu as vraiment séjourné chez eux ?

Zoé inspira lentement.

— Oui. J'espérais obtenir la coopération de mon père.

Zoé leva les yeux au ciel.

— C'était idiot de ma part. Je voulais qu'il m'aide dans l'affaire de Tamara. J'ai passé quelques jours à la maison, dans l'attente d'une occasion pour lui parler.

— Tu veux dire que tu voulais qu'il utilise son pouvoir, son autorité en tant que sénateur pour rouvrir le dossier, pour que quelqu'un le compulse de nouveau ? demanda Harrison.

— Oui. J'étais prête à prendre tous les risques pour obtenir justice pour Tamara. Mais, il ne croyait pas qu'elle avait été violée. J'espérais qu'il l'utiliserait dans le cadre de son programme de réélection. J'avais besoin de quelqu'un de puissant. De quelqu'un qui se sent concerné, même si ce n'était pas pour la bonne raison.

— Avez-vous contacté les médias ? demanda Levi.

Zoé opina, même si Levi ne le vit pas.

— Un petit article a été publié, dans le journal local. Deux jours après, j'ai reçu un courriel m'informant que le journaliste avait été licencié et que je ne devais plus le contacter.

— Il semble que nous ayons deux problèmes très distincts, déclara Levi. Nous ne savons pas encore s'ils s'entremêlent ou non. Harrison, je te suggère de passer la journée à faire autant de recherches que possible. Demain matin, nous nous réunirons, de nouveau. Mais, je veux être tenu informé des éventuelles avancées ou impasses dès ce soir, avant que vous n'alliez tous vous coucher. Levi raccrocha.

Harrison demanda à Zoé :

— Es-tu prête à aller à la clinique ?

Elle se leva. Il pouvait voir la fatigue qui la tiraillait. Le stress. Elle croisa ses bras et répondit :

— Oui, allons-y !

Alors qu'ils se dirigeaient vers la porte d'entrée, il l'interrogea :

— Crois-tu vraiment que ta mère vendrait sa maison et quitterait la ville après la mort de ton père ?

— Oui, c'est possible. Elle déteste cet endroit depuis toujours. Mais je n'en suis pas sûre. Ma mère n'a jamais vécu seule. Je ne pense pas qu'elle s'habituerait facilement à la solitude.

— Elle doit avoir des amis.

— L'un d'entre eux est Richard.

Zoé sourit à Harrison.

— Elle m'a un peu parlé de lui. J'ai de vagues souvenirs de l'avoir rencontré. Jamais quand mon père était là.

Harrison approuva.

— On ne sait jamais. Peut-être qu'elle finira par voir un peu plus Richard quand elle sera guérie.

— Au moins, c'est un homme gentil. Il s'occupe bien d'elle. Il est loin d'être comme celui qui l'a mise là où elle est.

HARRISON SE GARA derrière la clinique et la conduisit vers l'entrée sécurisée à l'arrière. Il tapa le code et Zoé l'interrogea.

— Comment se fait-il que tu le connaisses ?

— Richard me l'a envoyé par SMS ce matin. J'ai reçu l'ordre de l'utiliser pour la journée seulement. Nous serons filmés dès notre entrée et jusqu'à notre arrivée au dernier étage où se trouve ta mère. Ils auront alors la confirmation que nous sommes les seuls à avoir pénétré dans le bâtiment et que nous nous sommes rendus directement d'ici à là-bas.

Zoé était dubitative.

— Je devrais être heureuse d'apprendre que ma mère est sous bonne garde, mais en même temps, c'est un peu déconcertant.

— Déconcertant, oui. Mais ce n'est pas une mauvaise chose. Richard s'assure qu'elle sera à l'abri. Tu devrais être reconnaissante.

— Je le suis. Le fait que vous soyez tous d'anciens SEAL m'aide aussi beaucoup, merci.

Harrison lui jeta un regard étrange.

— Levi et son unité ont été trahis lors d'une mission. Alors qu'ils étaient gravement blessés et se trouvaient à l'hôpital naval, nous soupçonnions que quelqu'un essayait encore de leur nuire. Lorsque l'hôpital a été attaqué, Ice a fait en sorte qu'ils soient rapidement évacués par avion et transférés ici. Depuis, la sécurité est toujours maximale.

— C'est bien d'avoir Ice à qui s'adresser. La plupart des gens n'ont pas les moyens de s'offrir une clinique comme celle-ci.

— C'est vrai, mais Richard est le père d'Ice et il s'agissait de Levi. Ice et Levi sont amoureux depuis longtemps. Leur chemin n'a pas été simple. Au moment où tout cela leur a explosé à la figure, ils étaient chacun en couple et ne se fréquentaient plus. Cependant, lors de la guérison de Levi, ils ont surmonté leurs différences une fois pour toutes et sont ensemble depuis.

— C'est bien de voir la lumière briller au bout du tunnel, pour eux.

Les portes de l'ascenseur s'ouvrirent et ils en sortirent. Deux agents de sécurité les attendaient. Harrison les salua d'un signe de tête.

— Des changements ?

Ils secouèrent la tête.

— Elle se réveille et se rendort.

Alors qu'ils se dirigeaient vers la chambre de Trish, Richard en sortit. Il leur sourit.

— Vous arrivez au bon moment. Trish est réveillée. Je vais vous accompagner pour voir comment elle réagit face à Zoé. Cela me permettra de me rendre compte de son degré de lucidité.

Inquiète que sa mère risque de ne pas la reconnaître, Zoé entra prudemment dans sa chambre.

Trish tourna la tête et la regarda. Ses beaux yeux bleus se remplirent de larmes. Elle ouvrit les bras et Zoé courut vers elle. En pleurant, elle se laissa tomber sur le côté du lit et posa, doucement, sa tête sur la poitrine de sa mère.

— Maman, oh, mon Dieu, tu es réveillée !

La voix embrouillée, elle chuchota :

— Je suis là, Zoé. Je suis là.

Le cœur de Zoé fut submergé de soulagement. Elle resta allongée un long moment, goûtant le rythme régulier des battements du cœur de sa mère, consciente, dorénavant, que Trish avait toutes les chances de se rétablir complètement. Peut-être aurait-elle des séquelles sur le plan moteur, mais, sur le plan mental, ses facultés devraient revenir à la normale.

Quand Zoé le put, elle se redressa, prit un mouchoir en papier sur la table de nuit et s'essuya les yeux. Elle sourit à sa mère et lui demanda :

— Comment te sens-tu ?

Trish sourit et laissa ses yeux se fermer.

— Comme si j'avais été écrasée par une bétonnière, murmura-t-elle.

— Eh bien, ce n'est pas loin de la vérité.

Les yeux de sa mère s'ouvrirent.

Elle fixa Zoé d'un air confus.

— Il y a eu un accident de voiture ?

Zoé regarda Richard. Elle ne savait pas si elle devait répondre quelque chose ou pas. Richard lui fit signe que non.

— Nous ne savons pas exactement ce qui s'est passé, dit-elle en tapotant la main de sa mère pour la rassurer. Tout ce qui compte, c'est que tu reçoives les meilleurs soins et que tu t'en sortes.

Elle regarda les paupières de sa mère se refermer. Zoé se pencha et l'embrassa.

— Je suis si heureuse de te voir réveillée !

— Si… fatiguée, marmonna sa mère, de plus en plus faible.

Zoé posa son front contre celui de sa mère pendant un long moment, réalisant que, ce faisant, sa mère avait de nouveau été entraînée dans la paix et le silence du sommeil. Zoé lui prit la main et la porta doucement à ses lèvres. Elle s'adressa à Richard.

— Elle s'est rendormie.

Il tapota doucement l'épaule de Zoé.

— C'est un sommeil réparateur. Trish s'est réveillée. Elle a réussi à parler. Elle t'a reconnue. Ce sont des étapes importantes.

Zoé lui sourit, les larmes perlant, de nouveau, au coin de ses yeux.

— Veillez bien sur elle, s'il vous plaît !

Richard lui offrit le plus beau de tous ses sourires.

— Bien sûr. Nous sommes de vieux amis.

Zoé recula et contempla sa mère.

— Peut-être que lorsque tout cela sera terminé…

Elle s'en tint là. Pour une fois, sa mère devait décider seule. La route serait longue avant que cela n'arrive. Zoé espérait simplement que si sa mère trouvait un autre compagnon, ce serait quelqu'un de gentil, comme Richard. Rien à voir avec son père. Elle lança un regard à Harrison, qui l'attendait devant la porte close. Elle sourit et dit : c'est bon.

Nous pouvons partir.

Harrison fit un signe de tête en direction de sa mère.

— Richard, combien de temps va-t-elle dormir cette fois-ci ?

— Encore une bonne partie de la journée.

— Pouvons-nous repasser cet après-midi ?

— Je ne peux pas vous garantir qu'elle sera réveillée. Je comprends que vous ayez besoin de lui poser des questions. Trish ne semble pas se souvenir de ce qui s'est passé, pour l'instant.

Il leva la main.

— Eh oui, avant que tu ne poses la question, sa mémoire reviendra très probablement. Mais cela peut prendre quelques minutes, quelques jours, voire quelques semaines… La plupart du temps, le cerveau occulte le traumatisme pour que les victimes puissent survivre plus facilement. Actuellement, sa guérison prime sur le reste.

Le téléphone de Richard sonna. Il le consulta et son visage se vida subitement de ses couleurs. Il fixa à Harrison.

— Quelqu'un vient d'essayer de passer par la même entrée que vous !

— Saul ou Dakota ?

Richard secoua la tête.

— Aucune idée. Il portait un masque dont il s'est, ensuite, débarrassé.

— Jusqu'où est-il allé ?

— Il n'est pas encore entré. Il est en train de rechercher un accès moins sécurisé autour du bâtiment.

— Reste ici ! ordonna Harrison à Zoé. Je reviendrai te chercher après avoir vérifié.

— Vraiment ? grogna-t-elle. N'oublie pas qui je suis aussi !

Harrison se tourna vers elle, surpris. Il comprit. Il se pencha vers elle et lui dit :

— Je n'oublie pas. C'est pourquoi je te laisse garder ta mère. Il lui releva le menton et l'embrassa. Durement.

Avant que Zoé n'ait eu le temps de réagir, il était parti.

Chapitre 9

ZOÉ PORTA SES doigts à ses lèvres. Si Harrison avait été encore là, elle aurait envisagé de le gifler pour ce baiser. Ou de l'attirer, encore plus près d'elle… Elle soupira. Elle était idiote. Elle lui était reconnaissante qu'il se souvienne qu'elle était militaire. Toutefois, elle ne se considérait pas comme infaillible, loin de là. Si elle s'était engagée dans l'armée, c'était en partie pour apprendre à se battre, à se défendre. Elle avait pris assez de coups en grandissant. Il était hors de question qu'elle en prenne d'autres à l'avenir. Elle ne laisserait certainement pas sa mère souffrir davantage.

Le service de sécurité accompagnait Harrison. Richard téléphonait.

— Merde ! murmura-t-elle.

Zoé regarda autour d'elle. Elle n'avait pas l'intention de sortir ou de réveiller sa mère, à moins d'y être obligée. Elle fit une rapide évaluation de la pièce. Son esprit analysant ses inconvénients, ses avantages et les armes qu'elle lui offrait.

Il s'agissait d'une chambre avec un salon attenant. Elle était confortable et douillette.

C'était un atout considérable pour une personne en convalescence. Mais pas tellement pour quelqu'un qui essayait de combattre le chaos. Quiconque fréquentant les hôpitaux pendant un temps sait où trouver les réserves, connaît le fonctionnement du système d'évacuation du linge et sait où sont stockés les matériaux dangereux. Sans oublier le système de sécurité, bon ou mauvais, d'un endroit comme celui-ci.

En ce qui concernait ce qui pouvait constituer une arme, la chambre était plus que dépourvue. C'était un vrai problème. Zoé n'avait peut-être pas le même entraînement qu'Harrison, mais elle n'était pas une limace non plus. Elle excellait dans tous les cours de défense.

La pensée de son père l'accompagnant toujours… C'était drôle parce qu'aucun des garçons ne l'avait interrogée à ce sujet. Elle aurait aimé lui casser la figure, comme il l'avait fait avec elle. Une balle était une punition bien trop facile, bien trop gentille et légère pour un homme qui leur avait fait vivre l'enfer, à sa mère et elle.

Zoé alla dans la salle de bain. Un seul savon. Et une serviette. Elle s'en saisit.

Cela n'arrêterait pas une balle. Mais s'il venait avec un couteau, ce serait une tout autre histoire.

Un peignoir était accroché derrière la porte. Elle en ôta rapidement la ceinture et l'enroula autour de son poignet. Zoé n'était peut-être pas assez forte pour briser le cou d'un homme aisément, mais elle pouvait, assurément, l'étouffer jusqu'à ce que mort s'ensuive.

En observant la pièce, elle se dit qu'elle ne comprenait pas pourquoi on se donnait la peine de s'en prendre à sa mère. Ce n'était pas comme si elle savait quelque chose ou comme si elle représentait un danger pour qui que ce soit.

À moins qu'elle n'ait vu qui avait tiré sur Père.

Ça pouvait être un mobile. Difficile d'imaginer son frère faire une chose pareille. Cela dit, dans certaines circonstances, n'importe qui aurait pu le faire. Peut-être que son frère avait essayé d'éliminer l'homme qui avait attaqué leur mère. Zoé en doutait. Elle ne se souvenait pas qu'Alex ne se soit jamais soucié d'elles. Alex ne s'occupait que d'Alex.

Il avait peut-être pensé que leur mère le récompenserait, qu'elle lui céderait une grande partie de son héritage en guise de remerciement.

Zoé sortit dans le couloir et constata que Richard était parti. Au moins, il y avait des caméras de surveillance dans sa clinique et ses agents de sécurité étaient armés. Elle soupçonnait Harrison de l'être également. Il fallait vraiment qu'elle envisage de se procurer un permis de port d'arme.

Elle retourna auprès de sa mère et s'assit à son chevet. Elle caressa doucement sa main en disant :

— Ça va aller, maman. Je ne sais pas si tu es réveillée ou non. Mais je suis là et je ne laisserai plus jamais personne te faire du mal.

Les yeux de sa mère s'ouvrirent lentement.

— Je suis vraiment désolée, ma chérie. Je n'ai pas pu l'arrêter.

Zoé caressa la joue de sa mère.

— Pourquoi es-tu désolée, maman ? Tu n'as aucune raison de l'être.

Sa mère fit un petit mouvement de tête qui aurait pu être un hochement de tête ou un tremblement.

— J'aurais dû partir depuis longtemps, murmura-t-elle.

— Tu n'as plus besoin de le faire maintenant. Il ne survivra pas. La balle s'est logée dans son cerveau. Je n'ai pas encore regardé les nouvelles, aujourd'hui.

En disant ça, Zoé donnait à sa mère beaucoup d'informations, mais elle la savait inquiète. Face à la formation d'un nuage de contrariété sur son beau visage, Zoé lui précisa.

— J'appellerai, je me renseignerai.

Le nuage se dissipa. Zoé ferait tout ce qu'il fallait pour

préserver le joli sourire de sa mère.

— Maman, tu dois me le dire. Qui a fait ça ?

Zoé démarra l'enregistrement vidéo sur son téléphone, puis le posa sur la table de nuit. Ainsi, elle disposerait des paroles de sa mère. Grâce à elles, peut-être éviterait-elle d'avoir à répéter l'histoire plusieurs fois à la police.

Les yeux de Trish vacillèrent.

— Tu ne peux pas continuer à laisser cela t'arriver.

— Tu ne comprends pas. Si je dis quoi que ce soit, il s'en prendra à toi. Ton père ne t'a peut-être pas montré beaucoup d'amour, mais il ne voulait pas vraiment te perdre en fin de compte.

— Quoi ?

Zoé voulait comprendre, entendre tout ce que sa mère avait à dire.

— Maman, de quoi parles-tu ?

— Deux hommes sont venus, murmura-t-elle. Des militaires. Ton père les connaissait. Il y a eu des mots durs, des rires, puis des mots encore plus durs. Les choses ont mal tourné.

Zoé se redressa.

— Maman, et quand papa a sorti un pistolet pendant le dîner ? Je suis partie peu après. Es-tu en train de dire que tu ne lui as pas tiré dessus ? Alex non plus ?

Les yeux de sa mère s'agrandirent.

— Oh, non ! Je ne lui ai jamais tiré dessus. J'aurais dû. Il y a trente ans, j'aurais dû le faire, mais non, je ne l'ai pas fait.

Elle esquissa un sourire triste.

— J'étais trop faible.

— Alors, après le dîner, où était l'arme ?

Sa mère remua et détourna la tête, visiblement affligée. Zoé lui prit la main et la serra contre elle.

— Maman, c'est très important. Si tu ne lui as pas tiré dessus, est-il retourné dans son bureau avec son arme ? Sais-tu s'il l'a rangée ?

— Je ne sais pas. J'avais vraiment peur et tellement mal après que ton père m'ait battue que je suis allée dans ma chambre et j'y suis restée. Ensuite, j'ai entendu la sonnette. Je ne sais pas si ton frère a laissé entrer les hommes ou si c'était ton père. Alex est parti après le dîner, je ne sais pas où il est allé. Le bureau de ton père se situe sous ma chambre, je pouvais donc entendre les voix, les cris…

Trish se tut.

— Et ensuite ? insista Zoé.

Elle était si près d'obtenir la vérité. Zoé avait besoin que sa mère reste forte. Qu'elle dise quelque chose.

— Maman, s'il te plaît !

Trish releva la tête.

— Je suis descendue. J'ai entendu le coup de feu. Ils étaient à la porte d'entrée, j'ai vu l'un des hommes. J'ai hurlé. Le jeune homme, en uniforme militaire, s'est précipité vers moi. L'autre a crié : « *Laisse-la !* »

Les mots de sa mère étaient empreints d'une telle douleur que Zoé dut fermer les yeux. Faible rempart contre ce que son père avait fait à cette belle femme. Briser à ce point une telle confiance en soi. La faire devenir cette femme en loques, que personne ne respectait, parce qu'elle s'était laissé continuellement maltraiter.

— Maman, tu dois me dire ce qui s'est passé !

Sa mère rouvrit les yeux et la fixa. Trish tendit la main pour lui caresser la joue.

— Zoé…

Zoé se rapprocha jusqu'à ce qu'elle puisse presser la paume de sa mère contre sa joue.

— Allez, dis-moi, maman !

— J'avais mal à cause de la raclée que ton père m'avait donnée peu de temps avant, mais je n'ai pas pu ignorer les cris. Ton père avait des problèmes. J'ai entendu le coup de feu. Je l'ai vu s'effondrer. Le jeune homme m'a vue. Il s'est précipité sur moi. Il m'a frappée comme s'il me haïssait. Peut-être qu'il haïssait toutes les femmes… Je ne sais pas. Il m'a frappée au visage. Il a essayé de m'étrangler. Il m'a donné des coups de pied…

Trish pleurait.

— Finalement, l'homme plus âgé l'a écarté de moi. Et ils sont partis tous les deux. Il était tellement en colère !

— Maman, c'est très important. Tu dois me dire qui étaient ces hommes.

Sa réponse fut déchirante.

— Je ne sais pas. Je ne les avais jamais vus auparavant.

— Ce n'est pas grave. Nous le découvrirons.

Sa mère secoua la tête, ce simple mouvement lui arracha un cri de douleur.

— Non ! Ils m'ont dit de ne pas m'en mêler, sinon ils reviendraient.

Elle haleta en essayant de parler.

— Pire que ça, ils m'ont dit que je ne vivrais jamais assez longtemps pour te revoir… Je les ai crus.

— Maman, quel âge avaient ces hommes ?

Trish fronça les sourcils, comme si elle revivait son attaque.

— L'un d'eux était plus âgé, de l'âge de ton père, énonça-t-elle. C'est peut-être lui qui lui a tiré dessus. Et elle se tut.

Zoé devait connaître la suite, alors elle insista auprès de sa mère.

— S'il te plaît, ne t'endors pas avant de m'avoir tout dit !

Et l'autre homme ? Quel âge avait-il ? Si tu le voyais, le reconnaîtrais-tu ?

— Il ressemblait au premier. Ce devaient être le père et le fils…

Trish se cala dans son lit et s'endormit tranquillement. Zoé entendit un bruit derrière elle. Elle sauta du bord du lit et fit volte-face. Un inconnu se tenait devant elle, vêtu d'une blouse blanche. Son regard était méfiant. Zoé ne savait pas qui il était ni ce qu'il faisait ici. Peu importait sa blouse, elle était certaine que ce n'était pas un médecin. Il ne faisait pas, non plus, partie de l'équipe d'Harrison. S'il s'agissait d'un agent de sécurité, que faisait-il vêtu ainsi ?

— Qui êtes-vous et que faites-vous dans la chambre de ma mère ?

Son regard passa de sa mère, à elle, à la ceinture autour de son poignet, à la serviette sur le lit… Il avait l'air intéressé. Mais, ses yeux reflétaient aussi autre chose, quelque chose de sombre…

— C'est vraiment dommage qu'elle ait survécu ! fit-il en s'avançant d'un pas.

Ses lèvres se transformèrent en un fin rictus alors que Zoé se préparait à bondir, s'il bougeait encore.

— D'après ce que j'ai entendu dire, elle a été tellement battue qu'elle ne devrait plus respirer, à l'heure actuelle.

— C'est une battante. Contrairement à l'enfoiré qui lui a fait ça. Il déteste les femmes. Il pense qu'elles ne valent rien, s'emporta Zoé. Ce n'est qu'une mauviette. Il ne peut pas s'attaquer à une femme qui se dresse devant lui. Il doit attendre qu'elle soit déjà brisée, blessée, qu'elle ne représente plus une vraie menace…

Elle attendit une demi-respiration, puis ajouta d'un ton dur :

— Comme toi !

L'homme grimaça.

— Malheureusement, tu as raison. Il ne se bat pas à la loyale, quel que soit le combat. Tu devrais t'en souvenir. Mais tu n'es pas ma mission et tu n'en auras pas l'occasion. Elle l'est. Je déteste vraiment avoir à accomplir ce travail. C'est une combattante… Je n'apprécie pas vraiment cette besogne. Pour avoir survécu aux violences de ton père, à ce passage à tabac, elle doit avoir une féroce volonté de vivre.

— C'est exact. Elle m'a protégée toute ma vie. Même contre des connards comme toi.

Du coin de l'œil, elle aperçut sa mère qui appuyait sur le bouton d'appel de l'infirmière.

— C'est un travail horrible pour toi. Tu devrais vraiment mieux choisir tes contrats. Je ne reproche à personne de gagner correctement sa vie, mais il devrait toujours y avoir un minimum d'honneur… et quelques limites.

Il l'étudia pendant un long moment et regarda de nouveau sa mère.

— Tu sais quoi ? Tu as peut-être raison. Dès le début, je n'ai pas aimé ce boulot. Mais la rétribution était intéressante.

— Tu peux encore te regarder dans la glace le matin ? Y a-t-il encore quelque chose dans ta vie qui ne peut s'acheter ? Qui est ta mère ? Ta sœur ? Ta moitié ? Celle que tu aimes par-dessus tout ? *Cette* femme a reçu une effroyable raclée. Quelle peut être la misérable excuse d'un soldat incapable de faire son sale boulot ? Quel manque de virilité !

Ses muscles étaient contractés. Zoé ne se faisait pas d'illusions. Quel que soit cet homme, il était compétent. Il laissa échapper un petit ricanement.

— Je vois que tu sais qui a fait ça.

— Je crois que oui. Un général et son fils. C'est le fils

qui l'a tabassée. Le général a probablement tiré sur mon père. Mais, admit-elle, je n'en suis pas totalement certaine.

— Et toi ? Comment restes-tu à l'abri ?

Instinctivement, le visage d'Harrison lui vient à l'esprit.

— J'ai du monde de mon côté. Pour une fois dans ma vie, je ne suis pas seule.

Il évalua la distance qui les séparait.

— J'aurais déjà pu te tuer d'une demi-douzaine de façons.

Elle lui adressa un sourire dur.

— J'aurais pu faire la même chose. C'est ta seule et unique chance. Pars et ne reviens pas ! Laisse-nous tranquilles !

— Et ton frère ?

— A-t-il joué un rôle dans cette affaire ?

Le cœur de Zoé eut un raté. *S'il te plaît, non.* Un petit sourire se dessina au coin des lèvres de l'inconnu.

— Tu n'es donc pas au courant ?

Elle devait répondre avec précaution. L'effroi la gagnant face à ce qu'il insinuait. Elle ne connaissait pas cet étranger. Elle ne lui faisait pas confiance. Mais il détenait des informations qu'elle voulait connaître.

— Mon frère est sur une mauvaise pente. Je ne sais pas jusqu'où il est allé. Il aime terroriser les femmes. Il aime les voir partir en morceaux. Il est malade, tordu. Mais est-ce un tueur ? A-t-il tué mon père ? A-t-il participé à l'agression de ma mère ? Je ne sais pas, dit-elle à voix basse. Je ne sais pas, s'il peut encore être sauvé à ce stade.

— Il a dépassé ce stade depuis longtemps.

— Il *est* donc impliqué, affirma-t-elle, les tripes nouées par la douleur.

— Peut-être, peut-être pas, dit-il. Vous avez des ennuis,

ta mère et toi. Tu as intérêt à avoir des amis haut placés pour te protéger.

Une fois de plus, elle sourit. Cette fois, les noms de Levi et d'Ice lui vinrent à l'esprit. Ils étaient accompagnés de l'image de leurs équipiers, qu'elle venait juste de rencontrer, mais qui étaient tous volontaires pour l'aider. Elle inclina doucement la tête et confirma :

— J'en ai.

Son ton était si affirmé, si sûr et confiant qu'il n'aurait jamais pu douter d'elle. Il recula d'un pas, s'approchant de la porte. Zoé avança.

— Comment es-tu entré ?

Il la fixa en silence, mais avec un regard complice.

— Quelqu'un t'a parlé de cette entrée et des codes de sécurité ?

Il confirma ses dires.

— Toutes les informations s'achètent.

— Richard va devoir examiner les dossiers de son personnel pour découvrir qui a besoin d'argent. Il est temps de changer les consignes de sécurité.

— Dans son cas, il doit trouver deux agents. Deux personnes, ici, sont des maillons faibles.

— Et dans ma famille, combien y en a-t-il ?

Il se tenait maintenant sur le seuil. Il eut un étrange sourire puis déclara.

— Tout le monde, sauf vous deux, apparemment.

Il s'élança vers la porte.

Zoé lui courut après, passant devant l'infirmière qui venait répondre à l'appel de sa mère. Quand elle arriva au bout du couloir, il s'était déjà envolé. Elle voulait le poursuivre. Mais la meilleure chose qu'elle pouvait faire pour l'instant était de rester auprès de sa maman et de mémoriser tout ce qu'elle savait sur lui. Avec un peu de chance, son téléphone avait capté la plupart de ses paroles. Il était si loin désormais…

Son père avait longtemps représenté le croque-mitaine pour sa mère et elle. Et maintenant, elle savait que d'autres personnes comme lui étaient à leurs trousses. Zoé saisit son téléphone et envoya un message à Harrison.

Le tueur à gages vient de passer. Tout de noir vêtu, avec une blouse de médecin. D'après sa façon de bouger, je dirais qu'il est dans la fleur de l'âge, la trentaine peut-être. Il a filé. Richard a deux employés véreux. Ils ont été achetés.

La réponse de Harrison fut immédiate.

Reste sur place. J'arrive.

HARRISON VENAIT DE faire un tour complet des lieux. L'intrus n'était plus auprès de Zoé. Elle et sa mère n'avaient rien, c'était déjà ça. Il laissa les autres à l'extérieur, espérant qu'ils attraperaient ce type avant qu'il ne s'échappe complètement.

Harrison entra dans la chambre de Trish et vit Zoé assise au chevet de sa mère. Toutes les deux allaient bien. Il s'arrêta, prit une inspiration fébrile et essaya de contenir toutes ses autres émotions.

Zoé lui jeta un coup d'œil et sourit.

— En fait, il était très gentil.

Harrison lui lança un regard furieux.

— Comment peux-tu dire ça ?

Elle secoua la tête.

— Je ne sais pas. Toute cette histoire me rend folle. Ce qui est mal est bien. Ce qui est bien est mal. Je ne connais plus personne, pas même moi-même.

— Avait-il une arme ?

— Il n'en avait pas besoin. Cet homme est capable de tuer de plusieurs façons, dit-elle à voix basse. Il ne nous a pas attaquées. Nous avons parlé.

— Répète-moi ce qu'il a dit, tout ce qu'il a dit, tout de suite !

Toujours assise au même endroit, une main couvrant les doigts de sa mère, Zoé appuya sur un bouton de son téléphone. La voix de l'inconnu envahit la pièce.

Les sourcils de Harrison se haussèrent, mais il écouta jusqu'au bout. Il tendit la main pour visionner la vidéo, mais il n'y avait pas grand-chose à regarder. La plupart du temps, le téléphone avait filmé le plafond. Les caméras de la clinique devaient avoir capté une image de lui quelque part…

— Description ?

— Un mètre quatre-vingts, trapu, cheveux noirs, tee-shirt, jean noir moulant, bottes de travail, non, plutôt de randonnée.

Zoé se concentra.

— Des bras poilus, si l'on en croit le dos de ses mains. Un visage maigre. Ses yeux… il y avait quelque chose en eux. Il n'aimait pas cette mission. Je pense qu'il était heureux de trouver une raison de s'en aller.

Harrison renâcla en entendant cela.

— Tu crois vraiment qu'il va renoncer à l'argent du contrat ?

Zoé ignorait la réponse à cette question, elle hasarda :

— Je sais que ça n'a pas de sens.

Elle regarda sa mère.

— Mais, je suis persuadée qu'il admire les combattantes. Et en ce qui le concerne, c'est ce qu'est ma mère. Il ne voulait pas accroître ses difficultés. Il voulait lui donner une chance de s'en sortir.

— Aucun nom n'a été mentionné ?

Zoé répondit :

— Non, mais il s'agirait d'un père et un fils. D'après ma mère.

Harrison s'approcha et posa ses mains sur ses épaules. Il le fit pour lui. Il avait besoin de ce contact pour s'assurer que Zoé allait bien. La dernière demi-heure aurait pu très mal se terminer et pourtant, elle s'était très bien passée. Il ne voulait pas apprécier ce type, il voulait juste admirer Zoé. Mais il devait le faire. Parce que ce type aurait pu les éliminer, si facilement. Les tueurs à gages maîtrisaient une demi-douzaine de façons de tuer silencieusement avant de s'échapper. Il avait choisi une voie plus noble en partant sans faire de mal. Harrison savait que les caméras de la clinique le repéreraient. Cela signifiait que ce type se foutait de savoir qui avait une photo de lui ou non. Ou qu'il connaissait les endroits où se trouvaient toutes les caméras. Quoi qu'il en soit, Harrison était d'autant plus inquiet. Il serra doucement l'épaule de Zoé avant de reculer, puis il eut une idée. Il réfléchit un instant.

Alors qu'Harrison s'apprêtait à partir, Zoé attrapa sa main.

— Il a dit qu'il avait été payé très cher pour ça.

Harrison acquiesça.

— C'est souvent le cas.

Il sourit pour la première fois depuis qu'il était entré dans la pièce.

— J'ai une idée.

— À propos de quoi ?

— Je suis un peu hackeur.

À ce moment-là, la surprise se peignit sur le visage de Zoé.

— Si Levi et Ice coopèrent, je pourrai ajouter un peu de ma propre magie.

— Pour obtenir quoi ?

Harrison chuchota, juste pour s'assurer que Trish n'entendait pas, qu'elle soit endormie ou non.

— Si je peux faire disparaître l'argent du contrat, personne ne fera jamais ce coup.

— Tu peux faire ça ?

— Je vais essayer.

Zoé sourit, les larmes aux yeux et prononça un intense « *Merci* ». Il lui fallut un moment pour retrouver sa voix.

— Il a aussi laissé entendre que mon frère était impliqué d'une certaine façon. Il ne l'a pas dit directement, mais il a dit, en gros, qu'Alex n'avait plus rien à sauver. Que je n'étais pas en sécurité et qu'il valait mieux que j'ai des amis haut placés.

— Nous avons intensifié les recherches pour retrouver ton frère, rétorqua Harrison. Pour engager des assassins, il faut de gros moyens. Que quelqu'un ait pensé qu'il fallait, tout de même, achever ta mère, alors qu'elle semblait si proche de la mort, met en évidence le fait que c'est Trish la cible, depuis le départ.

— Alex ne voulait pas se salir les mains. Il ne l'a jamais fait. Mais, il a de l'argent. Je commence à comprendre qu'il pourrait très bien payer pour faire disparaître quelqu'un.

Zoé fixa Harrison, les yeux humides.

— Mon propre frère... c'est difficile à croire. Il m'a toujours détestée. Je ne sais pas pourquoi. Il méprisait ma mère, il n'avait que faire d'elle, mais je ne pense pas qu'il la détestait. Elle était juste une femme, comme moi.

— Nous n'en sommes pas encore sûrs. Tiens bon ! Nous obtiendrons des réponses. Surtout maintenant que nous avons une idée de la direction à prendre.

Richard entra alors dans la pièce. Il les observa, tous les trois. Ses épaules s'affaissèrent de soulagement.

— Oh, mon Dieu ! Il est venu ici, n'est-ce pas ?

Zoé opina.

— Oui, il était là. Il a reconnu avoir soudoyé deux de vos employés pour obtenir les codes.

Richard blêmit. Harrison le rassura.

— Levi et Ice y travaillent déjà.

— Bien. Je veux leurs noms pour pouvoir les dénoncer. Ils ne travailleront plus jamais dans ce secteur, ricana Richard. C'est un coup à très court terme de leur part !

— Il est parti et je ne pense pas qu'il reviendra. Il n'en a plus après ma mère.

Richard ferma les yeux, apaisé.

— Dieu merci ! Je ne sais pas ce que je ferais si Trish était blessée, sous ma surveillance.

— Ce n'est quand même pas ta faute ! tempêta Harrison. Ce type était un pro. La question est : qui a mis le contrat sur la tête de Trish ?

Chapitre 10

— IL FAUT qu'on parle à Alex, déclara Zoé.

Elle sortit son téléphone, sélectionna le numéro de son frère et appuya sur « Appeler ». Ça sonna, encore et encore. Zoé fronça les sourcils lorsqu'elle tomba sur sa boîte vocale. Elle laissa un message : « *C'est Zoé. Rappelle-moi.* » Elle jeta un coup d'œil à son téléphone.

— Où est-il ?

— C'est une question à laquelle il nous faut répondre.

Harrison s'appuya contre le chambranle de la porte.

— Y a-t-il une chance pour que le tueur à gages soit parti à sa recherche ? Ou s'en est-il pris à lui d'abord ?

— Ce n'est pas une bonne idée.

Richard intervint :

— Son visage devrait être sur les caméras de surveillance. Mes hommes sont en train de chercher.

Il sortit son téléphone et les appela.

— Avez-vous trouvé une image ?

Il écouta un moment. Puis, il se tourna vers eux et révéla, la main sur le téléphone.

— Nulle part dans la clinique, à part dans la chambre de Trish.

Il reprit sa communication et sourit.

— Oui, envoyez-moi la copie !… S'il vous plaît.

Richard raccrocha avant de désigner la caméra située

dans le coin le plus éloigné de la chambre de Trish, en haut, près du rideau.

— Il ne s'attendait pas à ce qu'il y ait une caméra dans la chambre de votre mère.

Zoé considéra Richard avec surprise.

— Moi non plus.

— Nous l'éteindrons dès qu'elle se réveillera, dit-il doucement. Mais dans son état, je voulais la surveiller en permanence.

Zoé acquiesça, mais elle n'aimait pas ça. Elle se sentait très exposée. Cependant, pour une fois, c'était une bonne chose.

— Je l'ai.

Richard brandit son téléphone.

— On ne voit pas très bien… Je vais la transférer sur ma tablette.

Richard cliqua sur sa tablette, qu'il transportait dans la poche de sa blouse et fit apparaître sa messagerie. Il la tendit à Zoé.

— C'est lui ?

Zoé étudia la photo et confirma.

— Oui, c'est lui.

Ils regardèrent tous les deux Harrison pour voir s'il le reconnaissait. Harrison fronça les sourcils pendant un long moment et lâcha.

— Je pense qu'il s'agit d'un ex-militaire devenu mercenaire. Il a peut-être fait un pas de côté pour devenir tueur à gages.

Richard approuva, tout en tapotant sur sa tablette.

— Nous l'avons déjà envoyé à Ice. Nous transmettrons également le cliché à la police. Ils nous ont attaqués dans l'enceinte de la clinique. Bien que je considère cette agression comme personnelle, je veux m'assurer que les forces de l'ordre locales sont également informées. La question des employés véreux est déjà réglée.

— Cela signifie-t-il que les forces de l'ordre savent que ma mère est ici ?

— Certains d'entre eux le savent, oui. La police est intervenue chez vos parents. Trish était censée aller à l'hôpital général, mais j'ai fait en sorte qu'elle soit redirigée et amenée ici. Évidemment, cela signifie que j'ai dû fournir quelques explications.

— Bien sûr.

Zoé secoua la tête.

— J'aurais aimé être là.

— C'était peut-être une bonne chose que vous n'y étiez pas.

Le téléphone de Harrison sonna. Il le consulta et annonça :

— C'est Levi. Je reviens dans une minute.

Il gagna le couloir. Zoé étudia sa mère durant quelques instants puis s'adressa à Richard.

— J'ai eu une grande conversation avec elle, quand elle s'est réveillée.

Elle lui confia les informations qu'elle avait obtenues d'elle. Richard était sidéré.

— Je ne comprendrais jamais l'état d'esprit qui peut conduire à penser qu'il est acceptable de traiter un être humain comme il l'a fait.

— Maman n'a pas vu lequel des deux a tiré sur mon père, mais elle a dit que le plus âgé ne l'avait pas touchée. C'était le plus jeune.

— Elle n'avait aucune idée de qui ils étaient ? demanda Richard.

Zoé lui confirma.

— Mais Angelina et Johan devraient le savoir. Le couple père-fils n'a pas pu entrer sur la propriété de notre famille sans que quelqu'un l'y ait autorisé.

Harrison entra dans la pièce et entendit la fin de leur conversation.

— Ils sont sûrement au courant de ce qui s'est passé maintenant. Nous devons leur parler. Nous allons aussi vérifier les enregistrements des caméras de surveillance de la maison de ton père. Si nous pouvons obtenir une image, alors nous pourrons identifier le tireur de ton père et coincer l'agresseur de ta mère.

— Je suis sûre que la police a déjà collecté les enregistrements, commenta Zoé. C'est pour ça que je me demandais si Angelina et son mari n'étaient pas impliqués dans cette affaire.

— Il est temps de le découvrir.

Harrison jeta un coup d'œil à Richard.

— Le système de sécurité tel qu'il est conçu actuellement te semble approprié ?

Richard acquiesça.

— Après votre départ, tous les codes seront changés, et mon équipe de sécurité – vérifiée par Ice avant que je ne les engage – et moi-même serons les seuls à les connaître. Pour l'instant – il se tourna vers Zoé –, nous laisserons tourner la caméra dans la chambre de votre mère.

Zoé approuva.

— Mais informez-la qu'elle est filmée ! Bien sûr, l'apprendre, ne représentera pas un risque supplémentaire pour elle. Je ne veux pas qu'elle ait plus de problèmes.

Richard sourit.

— Nous ne ferions jamais rien qui puisse porter atteinte

à sa vie privée. Il s'agit uniquement d'une mesure de sécurité.

Zoé précisa.

— Je comprends, mais si c'était moi, je n'aimerais pas ça.

Le sourire de Richard s'estompa.

— Aucun d'entre nous n'apprécierait. Mais, Trish a traversé beaucoup d'épreuves et nous devons surveiller son état de santé.

Zoé opina et l'embrassa sur la joue.

— Vous êtes un homme bien. Je suis contente que ma mère vous connaisse. Quand elle se réveillera, dites-lui que je reviendrai dès que possible !

Lorsqu'elle dépassa Harrison, il lui murmura :

— Attention ! Tu pourrais dévoiler ton côté féminin.

Elle le toisa, puis sourit.

— Oui, j'en ai effectivement un.

Zoé poussa un petit grognement et se détourna de lui. Tous les deux se dirigèrent dans le couloir vers la sortie éloignée qu'ils avaient empruntée pour pénétrer dans la clinique.

— On va seuls chez mes parents ou on emmène tes acolytes ?

— Mes *acolytes*, comme tu dis, sont sur le parking et nous attendent.

Elle salua les deux hommes en montant à l'arrière de la Jeep.

— Rien de tel qu'un peu d'animation pour faire passer la journée plus vite !

— Ton espèce est livrée avec des balles, commenta Saul. Mais, le prochain connard qui essaiera de tirer sur ma Jeep aura une surprise.

Zoé s'esclaffa.

— Je vais bien. Je te remercie. Non pas qu'il soit intéressant de savoir que je viens de passer une demi-heure à discuter avec un assassin…

Elle secoua la tête en signe de dérision et regarda par la vitre. Il y eut un silence gêné dans le véhicule, puis Zoé gloussa.

— Je cherche juste des idées pour affronter de futurs connards.

Saul sortit du parking et s'engagea sur la route principale.

— Tu as un côté méchant, affirma-t-il, puis il sourit. J'aime bien ça.

Elle renifla.

— Tu as des problèmes, toi.

Dakota s'esclaffa.

— C'est notre travail. En effet.

Ils arrivèrent à la maison de ses parents et la trouvèrent vide. Il n'y avait aucun signe du passage d'Angelina, pas depuis plusieurs jours. Zoé traversa la maison, évitant délibérément de regarder les endroits tachés de sang où son père et sa mère avaient été attaqués.

Portant la main à son cœur, elle monta les escaliers jusqu'à sa chambre. Elle attrapa le sac de voyage qu'elle avait laissé derrière elle, lors de sa dernière visite. Heureusement, elle ne l'avait pas défait. Il fallait qu'elle soit prête à partir, à tout moment. Elle n'avait aucune idée de l'endroit où elle passerait la nuit prochaine, mais elle ne pouvait pas s'imaginer rester ici, du moins, pas maintenant. Si sa mère avait besoin de son soutien à sa sortie de la clinique, ce serait une autre histoire. Mais pour l'instant, Zoé avait bien besoin de vêtements. Elle attrapa un pull et descendit son sac. Elle le posa sur le sol près de la porte, son pull par-dessus. Elle trouva les autres en train de fouiller la maison de fond en comble.

Zoé aurait dû être contrariée qu'ils agissent ainsi. Elle aurait dû se sentir envahie. Ce n'était pas le cas. Elle avait pris plus de recul, elle s'était bien plus détachée de cette propriété qu'elle ne l'avait réalisé. C'était encore la maison de son enfance, mais elle l'avait quittée depuis longtemps.

Quand Zoé trouva Harrison dans le bureau de son père, elle pensa à vérifier tout de suite.

— Tu trouves quelque chose d'utile ?

— Beaucoup de choses sur son travail de sénateur. Était-il aussi avocat ?

— Oui, mais il n'avait pas pratiqué depuis de nombreuses années.

Harrison opina et farfouilla dans les différents tiroirs du grand bureau. Zoé s'approcha du mur. Elle appuya sur les boutons et l'étagère se retira. Elle entendit Harrison pousser un « Waouh ! » surpris. Il contourna le bureau et se plaça derrière elle. Le coffre-fort mural était fermé, verrouillé. Zoé essaya les trois combinaisons qu'elle connaissait. Aucune ne fonctionna. Elle se tourna vers Harrison.

— Il a changé le code.

Saul entra, regarda le coffre et ses yeux s'illuminèrent. Il se frotta les mains.

— Je peux ?

Elle recula et lui indiqua le coffre.

— Je t'en prie.

Harrison se tourna vers elle et lui demanda :

— Une idée de ce qu'il y a à l'intérieur ?

— Non, mais j'espère que l'arme de mon père s'y trouve pour que la police puisse effectuer un test balistique.

— Cela disculpera probablement ta mère. Parce qu'elle n'avait pas accès à d'autres armes. En ce qui concerne ton frère, je n'en sais rien.

Zoé remarqua qu'Harrison ne l'avait pas mentionnée dans son scénario. Elle se rendit compte que son passé militaire lui fournissait les connaissances nécessaires pour tirer sur son père et frapper sa mère.

— Dans quelques secondes, je l'aurai ouvert, indiqua Saul tandis que les engrenages se mettaient en place.

Il tourna la poignée, tira très légèrement et recula.

— À toi l'honneur !

Zoé hésitait. Il s'agissait des documents privés de son père. Cela lui faisait bizarre de fouiner dans son coffre-fort. C'était un homme avec de sales secrets. Le connaissant, il n'avait certainement jamais dit à sa mère ce qu'il conservait dedans. Inspirant profondément, elle ouvrit complètement la porte et étudia le contenu. L'arme, dont elle se souvenait, était à l'intérieur.

Harrison ordonna :

— Ne la touche pas !

Il prit un mouchoir qu'il enroula autour du pistolet. Il le sortit, renifla le canon, en le regardant de plus près.

— Il n'a pas l'air d'avoir servi récemment.

Il le posa sur le bureau et prit plusieurs photos, avant de le mettre de côté.

— Nous allons appeler les flics et leur signaler que nous avons trouvé ceci… et tout le reste.

Zoé sortit une série de documents. Une pile d'argent liquide se trouvait tout au fond ainsi que ce qui semblait être un coffret à bijoux. Elle retira l'écrin de son support, l'ouvrit et découvrit quelques-unes des pièces préférées de sa mère. Elle sourit.

— Je suis contente qu'elle les ait encore. Elles datent d'une époque bien plus heureuse. Plusieurs de ces bijoux appartenaient à ma grand-mère maternelle.

Zoé referma la boîte et la posa sur l'argent. Puis, papiers en main, elle s'assit. Elle compulsa rapidement ce qui semblait être des certificats de mariage et de décès, rien de très surprenant. À la fin, elle tomba sur une série de photographies. Son père à l'époque où il était militaire. Il avait l'air d'un jeune homme beaucoup plus heureux. Zoé se demanda ce qui l'avait rendu si aigri et si sombre, si vite. En parcourant les photos, elle remarqua des noms griffonnés au dos. Elle les tendit à Harrison en lui disant :

— Je ne sais pas si c'est utile ou non. Ce sont ses archives militaires.

En les examinant, Zoé sourit.

— Il a donc excellé, lui aussi, dans l'armée. Qui aurait pensé qu'il était un soldat décoré ? Il n'en parlait jamais.

Zoé survola le reste. Au bout de la pile, elle tomba sur une enveloppe. Elle la sortit et l'ouvrit, déversant soigneusement son contenu dans sa main. Il s'agissait apparemment de contrats ou d'accords. Elle s'installa confortablement et les étudia. Il y avait un acte de propriété, mais pas pour la villa. Elle avait cru comprendre que son père possédait de nombreuses propriétés.

Zoé secoua la tête.

— Je n'ai vraiment aucune idée de l'importance de ses avoirs financiers.

— Normalement, c'est un avocat ou un coffre-fort qui détiennent la plupart de ces informations, expliqua Saul.

Il tourna la tête et croisa son regard.

— Il y a une enveloppe sous l'argent. Ça te dérange si je la prends ?

Elle regarda dans le coffre.

— Non, c'est bon.

Elle l'observa sortir une enveloppe bordeaux et la lui tendre. Zoé l'ouvrit. À l'intérieur se trouvait une carte avec une liste de noms. À côté de laquelle, apparaissait une série de montants, en dollars. Elle les analysa.

— Je ne vois pas mon père faire chanter qui que ce soit, mais ça ressemble à une liste de personnes, lui ayant donné de l'argent, sans raison apparente.

Zoé tendit la carte à Harrison et consulta le reste du contenu. Elle trouva une photo sur laquelle posaient cinq soldats.

— Ce n'est probablement rien. Des souvenirs d'une époque lointaine ? Ou alors était-ce l'issue d'une partie de poker où tous les joueurs lui devaient de l'argent ? Pour ce que j'en sais, il triche.

Zoé se morigéna.

— Je devrais être plus gentille.

Personne ne répondit quoi que ce soit. Elle parcourut le reste des documents et déclara.

— Il possède beaucoup de terrains et de maisons, mais je ne vois rien qui indique qui aurait pu lui tirer dessus.

Zoé replaça tout dans le coffre. Elle considéra la quantité de liquide.

— Ça ne fait pas beaucoup, n'est-ce pas ?

Elle sortit les deux liasses de billets.

— La dernière fois que j'ai vu ce coffre ouvert, il y en avait au moins dix.

— Oui, mais c'était il y a combien de temps ?

— Exact.

Zoé referma le coffre, se dirigea vers l'étagère et enclencha les boutons pour le remettre en place.

— C'était il y a quelques années. Elle jeta un coup d'œil sur le bureau. Nous devrions probablement revenir ici et passer plus de temps… Je ne sais pas ce que nous cherchons.

Sur le mur, il y avait plusieurs photos de son père à côté d'autres hommes. Il était très difficile de savoir qui ils étaient et quelles relations ils avaient eues avec son père.

— Allons chercher les enregistrements des caméras de surveillance !

Elle les conduisit dans la salle de contrôle. C'était simple, petit, presque semblable à une *panic room*. Zoé y avait été enfermée plusieurs fois, enfant, lorsqu'elle était « méchante ». C'est la raison pour laquelle, elle ouvrit juste la porte, leur montra le système puis ressortit.

Harrison la scruta. Zoé haussa les épaules.

— C'était l'un de mes lieux de punition. Je ne l'ai détruite qu'une seule fois. Après ça, eh bien, disons que la sanction a été suffisamment sévère pour que je ne recommence plus !

Les hommes jetèrent un coup d'œil dans la petite pièce sans fenêtre et secouèrent la tête. Saul s'assit devant l'ordinateur et fit rapidement apparaître la date et l'heure auxquelles son père s'était fait tirer dessus. Évidemment, il n'y avait pas d'enregistrements ni de cassettes. Il n'y avait rien du tout à cette date.

— Avant de déterminer si quelqu'un les a effacés ou enlevés, nous devons nous assurer que la police n'en a pas une copie.

— Oui, ils le devraient, confirma Zoé. Mais l'original devrait toujours être là.

— Ne tirons pas de conclusions hâtives ! dit Saul. Je vais vérifier les jours suivants pour voir si d'autres personnes sont venues.

L'enregistrement avait repris la veille à midi. Il manquait donc une quinzaine d'heures. Ils visionnèrent la bande en enclenchant l'avance rapide, mais personne n'était entré ni sorti de la maison. Pas même le personnel.

Zoé regarda Harrison et dit :

— J'ai un très mauvais pressentiment à ce sujet.

Il approuva.

— Et si Johan et Angelina étaient partis ? demanda-t-elle.

— Tu as dit qu'ils avaient un chalet derrière. Voyons, s'ils y sont !

Saul et Dakota se joignirent à eux et le quatuor sortit par l'arrière-cuisine. Ils empruntèrent le chemin menant au petit cottage. Aucun véhicule n'était garé à l'extérieur. Ils ne trouvèrent aucune trace de vie.

Zoé frappa à la porte. Rien. Elle tendit la main vers la poignée et la poussa. La porte se déplaça lentement vers l'intérieur. Et l'odeur la frappa de plein fouet. Elle recula, une main sur le nez.

— Merde !

Harrison l'attira vers Dakota, saisit son arme cachée et entra, Saul le suivant de près.

— Il y a quelqu'un ?

Elle voulait aller à l'intérieur, mais Dakota la maintint fermement.

— Laisse-les vérifier d'abord ! lui intima-t-il. Ce n'est pas parce que tu en es capable que tu dois le faire.

Elle soupira.

— Il ne m'est jamais venu à l'esprit qu'ils pouvaient être morts.

Harrison sortit et lâcha :

— Deux corps, mari et femme, je présume. Es-tu en mesure de les identifier ?

Zoé prit une grande inspiration et acquiesça.

— Oui.

Elle entra.

Angelina avait reçu une balle dans le front. Elle était assise à la table de la cuisine, des papiers étaient étalés sur le plateau en bois devant elle à côté d'une tasse de café, depuis longtemps, refroidie. Johan gisait dans le couloir, comme s'il avait entendu le coup de feu et avait accouru. Il avait reçu deux balles, une dans la poitrine et une dans la tête.

Harrison dit :

— On dirait qu'ils ont eu un visiteur. Il est entré et l'a abattue. Son mari est arrivé en courant, il lui a tiré dessus en même temps.

— Je ne suis pas une experte, articula-t-elle lentement, mais c'est effectivement, ce à quoi ça ressemble. Elle traversa le cottage jusqu'à leur chambre. Il n'y avait aucun signe de la présence de quelqu'un d'autre.

— Peux-tu nous dire si quelque chose a été dérangé ?

Zoé lui lança un regard dur.

— C'est la première fois que je viens ici.

Les hommes furent surpris, mais ne dirent mot. Zoé haussa les épaules.

— Il faut vous rappeler que personne ne s'entendait dans ma famille.

Elle désigna les papiers posés sur la table.

— Peut-être contiennent-ils des réponses…

— Des caméras de surveillance ? demanda Dakota, son regard étudiant l'habitat depuis la cuisine.

— Aucune idée, répondit Zoé à voix basse.

Elle fixa le couple mort, qui avait été en toile de fond, toute sa vie. Une femme dont elle n'avait jamais été proche, mais qui avait fait partie de son histoire.

— Il faut appeler la police, ajouta-t-elle à voix basse.

— C'EST DÉJÀ fait, dit Harrison en passant un bras autour de ses épaules. Retournons vers la maison principale !

Harrison ouvrit la marche. Zoé fut silencieuse pendant tout le bref trajet, ses pas étaient lents, déterminés. Cependant, Harrison pouvait percevoir, à son visage pâle et à ses poings serrés, à quel point ces deux cadavres, sur la propriété de sa famille, l'avaient touchée. C'était logique. Qu'elle ait aimé ou non ces gens, ils avaient fait partie de sa vie.

— Des idées ?

— Beaucoup, dit-elle d'un ton triste. Je soupçonne le couple père-fils qui a tiré sur mon père. Ils règlent les derniers détails.

Harrison devait admettre que cela coulait de source. Il ne devrait pas être trop difficile de trouver qui était venu ici en visite. Il faudrait ensuite apporter des photos à Trish pour voir si elle se souvenait de quelque chose. Il se pourrait qu'elle ne se souvienne de rien. Et ce n'était pas parce que Zoé pensait que l'homme ou les hommes, responsables des décès des employés, étaient les mêmes que ceux qui avaient attaqué ses parents que c'était forcément le cas. Mais si c'était le cas, combien d'unités militaires père-fils existait-il ? Harrison pouvait demander à Levi et Ice de l'aider à dresser une liste de noms, issue de la base de données militaire. La police pouvait aussi le faire. À moins que l'armée ne les empêche d'agir. Suivant l'échelon auquel se trouvait le général, le père, cela pourrait aussi constituer un problème.

— Une idée de la raison pour laquelle ils se sont disputés ? Je sais ce que ta mère a dit, mais est-ce plausible ?

— Difficile à dire avec mon père. À bien des égards, il était honorable. Mais à d'autres, c'était un salaud.

La dernière insulte avait été prononcée d'une voix si

calme qu'il savait qu'elle pensait à lui en ces termes depuis longtemps. Mais, encore une fois, qui aurait pu la blâmer ?

À la maison, ils se dirigèrent à nouveau vers le bureau de son père. Zoé s'arrêta dans l'embrasure de la porte et regarda vers l'escalier.

— Je veux aller voir la chambre d'Alex.

Harrison acquiesça.

— Je veux aussi voir cette pièce.

Il consulta sa montre.

— Il nous reste probablement moins d'une demi-heure avant l'arrivée des flics.

— Très bien.

À l'étage, Zoé vérifia, de nouveau, sa chambre et ils continuèrent le long du couloir. Elle lui désigna une double porte à l'une de ses extrémités et plusieurs portes simples.

— Cette double porte donne accès à la chambre principale de mon père. La chambre de ma mère lui est adjacente.

— Ils dormaient séparément ?

— Pas vraiment. Elle devait être dans son lit quand il le voulait, dit-elle d'un ton froid.

— Mais elle avait aussi son espace personnel.

— Quand il le voulait, précisa-t-elle.

Ils continuèrent jusqu'à une porte, située à l'autre bout.

— Alex voulait être le plus loin possible de nous. C'est la dernière chambre de cet étage.

Zoé voulut ouvrir la porte. Elle était fermée à clé. Elle fronça les sourcils.

— Je ne me souviens pas avoir déjà vu une de ces portes fermées à clé !

Harrison se pencha pour vérifier la serrure. De la petite pochette d'outils, qu'il portait dans sa poche arrière, il sortit une mini lime et joua avec le mécanisme situé sous la poignée. Quelques secondes plus tard, un *déclic* se fit entendre. Il tourna la poignée et poussa la porte.

Zoé le regarda et lui demanda.

— On n'est pas vraiment en train d'entrer par effraction, n'est-ce pas ?

— Non.

Il la fixa.

— Penses-tu que ta mère s'y opposerait ?

— Pour découvrir qui a tiré sur mon père, l'a frappée et a tué ses domestiques de toujours ? Bien sûr que non. Et selon la loi, elle pourrait bien être la seule propriétaire maintenant.

— Il faudrait que l'hôpital nous donne des nouvelles de ton père.

Zoé approuva.

— Je n'arrête pas de m'y soustraire, avoua-t-elle.

— Pourquoi ça ?

— Parce que, quand j'apprendrai qu'il est mort, je devrai faire face à toutes sortes d'émotions, de souvenirs. Tant qu'il est vivant et confiné dans une chambre d'hôpital, je peux maintenir tout cela à distance. Si ce mur tombe, je serai obligée d'affronter des choses que j'ai refusé de considérer depuis mon enfance.

Harrison fit le tour de la grande chambre.

— C'est une pièce immense.

Zoé opina.

— Alex n'a toujours voulu que celle-ci.

Harrison se dit qu'il pourrait tenter de comprendre pourquoi. Il regarda autour de lui. Un lit en acajou foncé, d'allure très masculine, une commode assortie, des tables de nuit et un énorme espace de jeux. Il y avait manifestement beaucoup de moyens d'investis ici. Il ouvrit les portes du placard. Un certain nombre de vêtements y étaient accrochés. Mais il y avait aussi beaucoup de cintres vides.

Zoé précisa :

— Alex laissait toujours des habits derrière lui. Maman m'a dit qu'il restait parfois huit ou neuf jours. Il voulait qu'une des propriétés lui soit cédée. Mon père voulait tout contrôler. Je ne suis pas sûre qu'Alex ait réussi. Si ça avait été le cas, il ne serait pas resté ici aussi souvent.

Zoé avait raconté ça avec une telle désinvolture, qu'Harrison comprit qu'elle ne saisissait pas l'impact réel du don d'une maison pour quelqu'un. Beaucoup de monde souhaitait pouvoir acquérir une maison. Mais, son frère restait là, espérant qu'on lui en donne une.

— Waouh, vous vivez vraiment tous dans un monde très différent !

Il fouilla le placard, à la recherche de secrets. Il pensait que quelqu'un comme Alex en aurait. Sur l'étagère du haut, il y avait une vieille boîte à l'aspect enfantin. Comme une boîte à souvenirs qu'une mère aurait conservée.

Harrison la descendit et étudia de plus près les médailles de l'école, les bulletins de notes et les autres souvenirs d'enfance, comme quelques pierres, qui ne signifiaient rien pour qui que ce soit d'autre qu'Alex.

Zoé considéra la boîte et commenta.

— Je me souviens avoir vu ce truc, il y a un moment.

— Voulait-il s'engager dans l'armée ?

— Bon sang, non ! Il s'est moqué de moi quand j'y suis entrée. Il a dit que j'étais une imbécile.

— Bien sûr.

Harrison se dirigea vers la commode et en fit rapidement le tour. Elle ne comportait pas grand-chose à part quelques pulls et sous-vêtements. Harrison porta son attention sur les tables de nuit. L'une était complètement vide, l'autre contenait une boîte de préservatifs. Il interrogea Zoé.

— Avait-il le droit d'amener ses petites amies ici ?

— Non. Si nous avions des relations sexuelles, elles n'étaient pas autorisées à la maison. Pas avant d'être mariés. Selon les règles de mon père.

Harrison brandit la boîte de préservatifs. Zoé la considéra et haussa les épaules.

— Alex est sexuellement actif depuis l'âge de quatorze ans.

Harrison replaça la boîte de préservatifs, parcourut un roman populaire, partiellement déchiré. Alex en était au dix-neuvième chapitre. Sur une impulsion, il souleva la table de nuit et la déplaça sur le côté. Il n'y avait rien ni derrière ni sous la table. Il jeta un coup d'œil au lit. Il était grand, orné, sombre et imposant. Rien sous le lit. Il souleva les oreillers et regarda en dessous. Rien. Le lit était sur roulettes. Il le tira, vérifia derrière la tête de lit et n'y trouva rien non plus. Lorsqu'il remit le lit en place, il se retourna à la recherche d'autres endroits à retourner et trouva Zoé debout au milieu de la pièce, un air dubitatif sur le visage.

— Que cherches-tu ?

— N'importe quoi. Quelque chose qui dise qui il est, ce qu'il fait quand il est ici et, ou ce qu'il pourrait faire quand il n'est pas ici. Je cherche à comprendre l'homme qui vit dans cette pièce.

Chapitre 11

Z OÉ OPINA.
— Si tu trouves quelque chose, fais-le-moi savoir !
J'ai toujours pensé qu'il était vide à l'intérieur.

Elle regarda autour d'elle, puis, entendant un bruit de l'autre côté du mur, elle se dirigea vers la salle de bain. Elle ouvrit la porte. L'odeur la frappa. Elle alluma et poussa un cri étranglé. Harrison se précipita derrière elle. Un homme, en uniforme militaire, gisait sur le sol. Un garrot avait été utilisé pour lui ôter la vie. Il avait entaillé la surface de la peau. Son visage était violet, boursouflé. Harrison conduisit doucement Zoé vers la sortie pour l'éloigner.

— Reste là ! Il la contempla pour s'assurer qu'elle allait bien.

Zoé se tenait les deux mains sur la bouche, le scrutant avec des yeux écarquillés.

— Je sais qui c'est.

Harrison jeta un coup d'œil sur le mort, puis vers elle.

— L'un des types qui ont violé Tamara ?

Zoé acquiesça.

— Oui, mais il n'a jamais payé pour ses crimes. Son père est haut placé dans l'armée.

Dès qu'elle comprit ce que signifiait ce qu'elle venait de dire, elle sursauta.

— Oh, mon Dieu ! Tu penses que son père et lui sont

les deux militaires que ma mère a vus ? Qu'ils ont tiré sur mon père et battu ma mère ?

Elle regarda le corps, couché sur le sol.

— Alors qu'est-ce qu'il fait ici ?

— Y a-t-il d'autres accès à cette chambre ? En dehors de la porte principale donnant sur le couloir ?

Zoé confirma.

— Oui. Il y a un escalier de secours devant la fenêtre. Alex allait et venait souvent la nuit.

Harrison acquiesça et ausculta rapidement le cadavre.

— D'après son apparence, ce type a probablement été tué très peu de temps après que ta mère ait été frappée.

— Par mon frère ?

— Peut-être... S'il a tué ce type, en état de légitime défense, pourquoi s'être enfui ?

Puis ils entendirent les sirènes de la police. Harrison lui saisit le bras.

— Allons parler à la police ! Nous avons maintenant deux scènes de crime. La nuit va être très longue.

Ils restèrent sur le pas de la porte lorsque trois voitures de police et une ambulance arrivèrent. Zoé entoura sa poitrine de ses bras.

L'un des policiers s'approcha.

— Êtes-vous Zoé Branson ?

Elle acquiesça.

— Oui, c'est moi.

Il lui dit :

— Je suis venu vous arrêter pour le meurtre de votre père.

ZOÉ VACILLA.

Harrison s'approcha d'elle et passa un bras autour de ses épaules, tandis qu'il sortait son téléphone et appelait Richard.

— Y a-t-il une chance pour que Trish soit réveillée ? Le sénateur doit être mort parce que la police est ici pour arrêter Zoé, pour son meurtre.

Richard s'insurgea :

— C'est quoi cette parodie ! Je vais vérifier. Je n'ai pas entendu dire qu'il était décédé. Est-ce que quelqu'un a annoncé à Zoé la mort de son père ?

Harrison se concentra sur le détective.

— Je ne pense pas que la police se soucie de ce genre de subtilité. Qu'ont-ils à faire de l'annonce à une fille de la mort de son père ? La seule préoccupation des inspecteurs est d'être crédités pour avoir résolu l'affaire du sénateur.

L'inspecteur eut l'air embarrassé. Il se tourna vers Zoé et lui demanda :

— Vous n'avez pas été prévenue ?

Zoé secoua la tête, la main sur la bouche, les larmes aux yeux. Un autre inspecteur s'approcha et se tint à proximité. Elle retira sa main pour parler.

— Mais je ne pense pas que cela ait de l'importance pour vous, n'est-ce pas ? Je veux dire, je devrais danser de joie, parce que, en ce qui vous concerne, c'est moi qui ai appuyé sur la gâchette.

Harrison pouvait lire la douleur dans son regard. Il la prit dans ses bras, elle enfouit son visage contre sa chemise. Il pouvait sentir les frissons qui parcouraient ses épaules.

— Vous pouvez vous attendre à ce que vos supérieurs vous en parlent. Je veillerai à ce qu'une plainte soit déposée à ce sujet.

Le second détective répondit :

— Nous ne sommes que des messagers.

— Où est donc celui qui est venu lui annoncer le décès de son père ?

— Nous pensions que l'hôpital l'aurait contactée.

— Comme vous pouvez le constater, personne ne l'a fait ! s'emporta Harrison. Nous avons rendu visite à sa mère et à son médecin. Aucun d'entre eux n'est encore au courant. Alors, quand vous lui parlerez, assurez-vous que Richard, son médecin, est présent. Nous ne voulons pas que sa mère fasse une rechute à cause de votre manque de tact.

Harrison serra Zoé, encore plus fort.

— Et, bien sûr, Zoé ira avec vous de son plein gré. Cependant, nous avons trouvé deux scènes de crime sur cette propriété. Trois cadavres en tout, dont un homme, à l'étage, dans la chambre de son frère. *Ce* mort est probablement celui qui a frappé sa mère la nuit où son père s'est fait tirer dessus. Et le *père de cet homme décédé* est celui qui, selon nous, a tué le père de Zoé.

L'inspecteur les interrogea :

— Quelle preuve avez-vous ? Que vous voulez dire par « nous avons trouvé deux scènes de crime sur cette propriété » ?

Harrison lui rapporta calmement la déclaration de Trish.

— Nous étions venus chercher des vêtements de rechange pour Zoé. Nous avons, d'abord, déniché l'arme de calibre 22, de son père, dans le coffre-fort de son bureau. Nous avons, ensuite, découvert les domestiques, morts, dans leur cottage, situé à l'arrière du terrain. Nous avons, enfin, découvert le troisième cadavre. Il se trouvait dans la salle de bain de son frère, à l'étage.

Le détective secoua la tête.

— Cela ne change rien. Vous expliquerez tout ça au poste de police.

Harrison sentit Zoé s'écarter de lui. Elle souleva le menton.

— Je ne résiste pas à l'arrestation, dit-elle, mais, comme vous aurez l'air stupide, quand vous découvrirez à quel point vous vous êtes trompés…

— Nous avons été informés ce matin de vos agissements. Quelqu'un affirme avoir des preuves.

— Mais, bien sûr, lança Harrison, vous ne voudriez pas de vraies preuves ? Provenant d'un vrai témoin oculaire, non ?

L'inspecteur fronça les sourcils.

— Nous n'avons pas interrogé sa mère. Nous ne pouvons donc pas nous fier qu'à votre récit.

— Pourtant, vous êtes ici sur la base d'un tuyau anonyme, n'est-ce pas ? Avez-vous vu la prétendue preuve que votre informateur est censé avoir ? Vous réalisez que c'est probablement le tueur lui-même qui vous a donné l'info, n'est-ce pas ? demanda Harrison d'un air amusé.

Les inspecteurs échangèrent un regard. L'un d'eux demanda.

— Redites-nous, où sont les corps ?

Harrison indiqua la maison.

— Il y a un cottage au fond de la cour. Deux personnes sont mortes à l'intérieur, un homme et une femme. Ils étaient des employés de longue date du sénateur. Dans la maison principale, à l'étage, il y a un jeune homme vêtu d'un uniforme militaire qui, d'après ce que nous savons, est celui qui a battu la femme du sénateur. Mme Branson a déclaré que son père était avec lui à ce moment-là. Nous ne savons pas s'ils ont participé, ensemble, à la mort du sénateur ou si seul l'un d'entre eux est impliqué.

— *Harrison, es-tu là ?*

Harrison tint le téléphone pour que les policiers puissent entendre.

— Je suis ici avec les officiers de police.

— *Je vais dans la chambre de Trish. Trish ? Comment vas-tu, ma chérie ?*

Harrison remarqua l'adoucissement de la voix de Richard. Ils n'étaient peut-être qu'amis maintenant, mais c'était une amitié profonde et forte.

La voix de Trish était faible, mais audible à travers le téléphone.

— *Je me sens un peu mieux.*

— *Je suis heureux de l'entendre. Trish, je suis désolé d'être celui qui t'annonce que ton mari est décédé des suites de ses blessures.*

Elle ne répondit pas. N'émit pas le moindre son.

— *Maintenant, nous avons à gérer une situation assez urgente, continua Richard. La police est chez vous pour arrêter ta fille. Ils l'inculpent pour le meurtre du sénateur.*

Le souffle de Trish fut perceptible par tous.

— *Oh, mon Dieu, non ! Je lui ai dit qui était venu à la maison cette nuit-là !*

— La police ne l'écoute pas et n'entend rien de ce qu'elle a à dire. Peux-tu parler à Harrison ? Il est avec eux. La conversation est sur haut-parleur.

Richard dut passer le téléphone à Trish qui, d'une voix tremblante, s'identifia.

— *À qui ai-je l'honneur ?*

— Inspecteurs McKay et Anderson, ici présents, répondit l'un des inspecteurs. Nous avons un mandat d'arrêt contre votre fille.

— *Eh bien, vous avez tort.*

Sa voix était fatiguée. Elle répéta l'histoire qu'elle avait déjà racontée à Zoé.

— *Quant au jeune homme qui m'a attaquée, il devait être couvert de mon sang quand il est parti. Je sais que j'étais allongée dans une grande mare de sang. Il doit donc y avoir des traces sur l'uniforme qu'il portait ce jour-là. Je n'avais jamais vu ces militaires auparavant, mais mon mari avait l'air de les connaître. Ils se disputaient.*

— Mais vous n'avez pas vu qui a tiré sur votre mari.

— *C'est exact. Cependant, les deux seules personnes présentes dans la maison ou dans la cour à ce moment-là, c'étaient eux.*

— Et votre fils ?

— *Je ne sais pas où il était.*

— Vous étiez à l'intérieur, pas à l'extérieur, donc vous ne pouviez pas voir, avec certitude, si votre fille était présente ou non.

Harrison sentit Zoé se raidir dans ses bras. Il la serra plus fort et la maintint immobile. Il se demanda si la police avait aussi un mandat contre Alex.

La voix de Trish s'affermit lorsqu'elle lui répondit.

— *Je ne suis pas idiote, monsieur. Les doubles portes de l'entrée étaient grandes ouvertes. Les deux hommes se tenaient là. Il est impossible que quelqu'un d'autre ait tiré sur mon mari.*

— Mais, vous ne pouvez pas le prouver, n'est-ce pas ?

Harrison savait exactement ce qui allait se passer ensuite. Il chuchota à Zoé.

— Tu dois aller avec eux. Ne résiste pas à l'arrestation ! Nous t'enverrons un avocat en un rien de temps.

Zoé acquiesça, s'éloigna, se tourna vers les policiers et leur déclara.

— Très bien. Je vous accompagne. Mais je veux vos noms et vos numéros de badge. Parce que, quand je descendrai ce connard de militaire, je m'assurerai de mentionner chacun d'entre vous aussi.

Le regard des deux hommes se durcit. Ils hochèrent la tête et répliquèrent :

— C'est votre droit. Nous, nous avons un mandat et nous l'exécutons.

Harrison entend Trish crier :

— *Non, vous ne pouvez pas l'arrêter !*

Harrison leva un doigt vers les deux inspecteurs, leur montrant son téléphone.

— Trish peut confirmer si notre militaire mort est celui qui l'a attaquée ou non.

Il remit le téléphone à son oreille.

— *Trish, je m'occupe d'elle. Restez calme et ne laissez pas cela ralentir votre guérison ! Si vous vous effondrez, vous ne serez d'aucune utilité à Zoé.*

On entendit la voix de Richard.

— *De quoi avez-vous besoin, Harrison ?*

— Premièrement, d'un avocat. La police emmène Zoé au poste en ce moment même. Deuxièmement, j'ai besoin de l'aide de Trish.

Harrison expliqua à Richard les cadavres disséminés sur la propriété.

— En plus des deux domestiques, il y a un homme mort vêtu d'un uniforme de soldat dans la salle de bain d'Alex. Je vais vous envoyer une photo de son visage. Demande à Trish de la regarder et vois si elle peut l'identifier comme l'homme qui l'a battue ! Rappelle-moi tout de suite !

— Je m'en occupe.

Harrison raccrocha. Quelques instants plus tard, il envoya les clichés à Richard. Le téléphone de Harrison tintinnabula presque immédiatement.

— Trish confirme que c'est bien lui.

Harrison regarda l'inspecteur en face de lui et lui désigna la photo sur son téléphone.

— Alors maintenant, allez chercher le père de ce connard pour connaître son rôle dans cette affaire aussi !

Le détective regarda le sol.

— Je vous comprends. Les choses sentent vraiment mauvais dans notre département en ce moment. Ça devient moche.

— Choisissez un camp, car lorsque j'enlèverai le couvercle, beaucoup de merde sera projetée dans de nombreuses directions.

L'inspecteur le considéra, jeta un coup d'œil à son partenaire et conclut.

— Parfois, nous n'avons pas le choix.

— Vous avez toujours le choix. Chaque jour, chaque homme doit choisir son camp. Il est grand temps pour vous de faire le vôtre.

Chapitre 12

Z OÉ ÉTAIT ASSISE, un peu abasourdie, au poste de police. On l'avait conduite dans une petite pièce, au lieu de l'inculper immédiatement. C'était une surprise. Ça la soulageait un peu, mais pas totalement. Elle ne voulait pas avoir à subir cette procédure, mais rien ne l'en sauverait. On ne lui avait pas posé d'autres questions. Personne ne semblait plus se soucier d'elle maintenant qu'ils lui avaient mis la main dessus. Même si elle pouvait le comprendre, elle n'aimait pas ça. Elle était étonnée qu'Harrison ne soit pas venu avec elle. Ça la blessait un peu.

La porte s'ouvrit. Un inconnu au crâne chauve s'approcha d'elle, il lui annonça :

— Zoé, je m'appelle Lars.

Elle ne prit pas peur. Pourtant, il était énorme et ne portait qu'une seule boucle d'oreille en argent, à l'oreille gauche. Elle n'avait jamais rencontré quelqu'un s'appelant ainsi jusqu'alors. Elle se leva, sourit et lui serra la main.

— Je suis désolée, je ne sais pas qui vous êtes.

Lars lui adressa un léger sourire.

— C'est peut-être une bonne chose… lui répondit-il. Je suis avocat.

En un instant, les yeux de Zoé se remplirent de larmes. Elle hocha la tête, se ressaisit et affirma.

— Ce n'est pas moi qui ai fait ça.

Il lui tapota doucement l'épaule.

— Ils peuvent vous garder quarante-huit heures, pas plus. Ensuite, ils devront vous inculper. Je ne suis pas sûr qu'ils le feront, étant donné ce qu'Harrison m'a dit.

Zoé s'illumina.

— Vous lui avez parlé ?

Lars acquiesça.

— Oui. Nous irons au fond des choses en un rien de temps.

Il s'assit à côté d'elle.

— Je suis content que quelqu'un vous ait aidée dans cette situation.

Zoé approuva.

— Moi aussi. Je n'étais pas sûre que les associés de mon père le feraient.

— Il vaut mieux qu'ils ne soient pas impliqués pour éviter tout conflit d'intérêts. De plus, il est fort probable qu'ils ne s'occupent pas de droit pénal.

Elle étudia l'avocat pendant un long moment. À voix basse, elle demanda.

— Dois-je vous demander vos honoraires ? Je n'ai pas beaucoup d'argent.

Il s'esclaffa.

— Vous, la fille d'un sénateur !

— Le sénateur avait l'argent. Il ne le partageait pas. Du moins, pas avec sa fille. Avec son fils, c'était différent.

— Je comprends. Mes honoraires sont pris en charge. N'en parlons plus ! J'ai besoin d'entendre tout ce que vous savez, de votre bouche. Pourquoi ne pas me raconter tout du début à la fin ?

Elle grimaça.

— Quand vous dites « depuis le début », que voulez-vous dire, exactement ?

Lars l'étudia attentivement pendant un long moment.

— Depuis le jour où votre père s'est fait tirer dessus.

Zoé opina et s'installa dans son fauteuil. Le récit prit un peu de temps, car elle lui fournit autant de détails qu'elle put. Heureusement, il enregistrait ce qu'elle disait. Lorsqu'elle termina, elle se rendit compte qu'en plus d'enregistrer la conversation, il prenait des notes.

— Vous ignorez donc qui est cet homme dans la salle de bain.

— Son visage était assez déformé… Mais je pense qu'il s'agit de Paul Canley, le chef du groupe qui a violé mon amie, Tamara. Celui dont le père est général.

— D'accord, maintenant j'ai besoin de connaître le reste de l'histoire.

— Merde !

Zoé chercha un verre d'eau autour d'elle. Ne trouvant rien, elle déglutit plusieurs fois et lâcha : voilà…

Elle lui raconta alors l'histoire de Tamara, de son viol collectif dans les douches et du fait que Paul Canley était le chef de la meute.

— Ils étaient cinq. Mais, deux d'entre eux, selon Tamara, avaient été forcés par Canley à coopérer. C'est comme s'il s'assurait qu'ils soient tous coupables. Par conséquent, aucun d'entre eux ne pouvait rien dire.

Zoé secoua la tête.

— Tamara était dans un sale état. Elle ne voulait pas aller consulter ni aller à la police. J'ai insisté pour qu'elle aille à l'hôpital et qu'elle soit examinée. À l'époque, ils ont utilisé un kit de viol. Aucun sperme n'a été trouvé, d'après ce que j'ai compris. Tamara a dit qu'ils parlaient tous d'utiliser des doubles préservatifs pour s'assurer qu'aucune preuve ne soit laissée. Et puis…

Elle prit une grande inspiration.

— Ils l'ont nettoyée après coup. Elle était allongée, inconsciente à ce moment-là.

— Quand l'avez-vous trouvée ?

— Peu après. Elle était frigorifiée et sanglotait sur le sol.

— Que dit l'armée à propos de cette affaire ?

— Ils disent que Tamara aimait le sexe brutal, qu'elle était connue pour avoir de multiples partenaires. Ils l'avaient déjà jugée, dit-elle, avant de se basculer en arrière. Je suis désolée. Il y avait plus que cela, évidemment. Ils ont dit qu'il n'y avait aucune preuve que ces hommes étaient réellement impliqués. À mon avis, ils ont simplement balayé tout ça sous le tapis et les ont laissé partir.

— Et pourquoi, d'après vous ?

Zoé le fixa.

— Parce que l'un de leurs pères est général.

Lars haussa un sourcil et approuva.

— Le fait d'avoir un père général peut aider dans l'armée. Mais des crimes de ce niveau ne devraient jamais être couverts. Oui, nous savons que les militaires font leur propre loi, précisa-t-il. Mais cela doit cesser et quelqu'un doit payer pour ça.

Zoé se pencha en avant.

— Mais comme tout est traité en interne… Tamara était militaire. Ces cinq hommes étaient militaires. Rien que des militaires. C'était complètement contrôlé par le système. Je ne sais pas si elle, si nous, avions d'autres options. Je n'ai jamais demandé. J'ai choisi la voie des médias, mais ça n'a pas très bien fonctionné.

Lars acquiesça.

— Mais maintenant, il semble que les mêmes auteurs se

soient attaqués à des civils. Ils ont attaqué votre mère et tué votre père.

— Il n'y aura toujours pas de justice pour la mort de Tamara.

Lars leva les yeux vers Zoé.

— Tamara est morte ?

Ce fut alors qu'elle se rendit compte qu'elle ne lui avait pas raconté le reste.

— Après le viol, Tamara était complètement paralysée par la peur à l'idée de prendre une douche, même dans sa propre salle de bain. Elle ne pouvait pas se trouver dans la même pièce que des hommes. Tout le monde, au sein de l'armée, le savait. Toutes sortes de types la draguaient, lui faisaient des remarques et des suggestions obscènes. C'était terrible. C'était un environnement de mépris et de sabotage total. Elle avait toujours eu une grande confiance en elle. Elle est devenue complètement transparente. C'était très douloureux de la voir traverser cette épreuve. Je ne pouvais rien faire d'autre que de lui tenir la main, que de la serrer dans mes bras. J'ai continué à me battre pour qu'ils rouvrent le dossier, pour qu'ils punissent ces salauds. J'ai fait tout ce que j'ai pu. *Légalement.* Dans le respect des règles militaires. Ils m'ont ordonné de me taire ou de partir en mission. J'ai saisi l'occasion de partir.

Zoé secoua la tête et regarda autour d'elle.

— À mon avis, l'application de la loi martiale est inexistante.

— Pourtant, il s'agissait de l'armée.

Avec amertume, elle ajouta :

— Ils ont juré de faire respecter la loi, de servir notre pays, de protéger leurs compatriotes qui ne pouvaient pas se battre. C'est vraiment difficile de se rendre compte que, même s'ils l'ont peut-être pensé à un moment donné, ils n'en ont rien eu à faire, au bout du compte.

— Je ne pense pas que l'armée soit totalement mauvaise, déclara Lars. Beaucoup d'hommes et de femmes de qualité servent notre pays. Mais il suffit qu'une pomme pourrie s'échappe et les choses vont de mal en pis.

Il consulta les noms qu'elle lui avait donnés.

— Parmi ces cinq jeunes hommes, lequel était le maillon faible ?

Elle le considéra avec respect.

— C'est une très bonne question. Je dirais les deux derniers noms que je vous ai donnés. Selon Tamara, ils ont, tous les deux, été contraints de participer.

— Avez-vous discuté avec eux ?

— Je n'ai jamais pu. Ils ont fini par dire à l'armée que je les harcelais.

— Je parie qu'Harrison pourrait les faire parler.

Lars leva les yeux vers Zoé et ajouta.

— Sans évoquer le fait qu'Harrison connaît énormément de monde dans l'armée. C'est le cas de toute son équipe. Tous réunis, ils ont probablement plusieurs centaines de personnes à qui ils pourraient en parler. Et si rien d'autre n'est fait, ils pourraient inciter l'institution à mettre en place un système de tutorat pour les femmes œuvrant dans les forces armées, un système de contrôle et d'équilibre.

Zoé le dévisagea avec délectation.

— Quand je pense à Harrison, il ferait peur à n'importe qui.

Lars rit.

— Je ne pense pas qu'il le prendrait trop bien.

Elle ricana.

— Il peut considérer cela comme un compliment.

Elle aurait aimé qu'Harrison soit ici avec elle.

— Puis-je savoir ce qu'Harrison a pu trouver ?

Lars acquiesça.

— Je vous tiendrai au courant dès que j'aurai des nouvelles.

La porte s'ouvrit et quelqu'un entra pour lui tendre une bouteille d'eau.

— Dois-je raconter tout cela à la police ?

Lars lui confirma.

— Oui, à plusieurs reprises. C'est pourquoi il est essentiel de savoir exactement ce que l'on dit à chaque fois, de ne pas se laisser entraîner à se contredire lorsqu'ils posent les mêmes questions.

— J'ai peut-être des doutes sur certains détails, dit Zoé doucement, mais je sais que le tuyau anonyme est un mensonge. Ai-je été formellement inculpée ?

L'avocat s'esclaffa.

— Non, vous le sauriez si vous l'aviez été. La police se doit de suivre la procédure.

— J'espère qu'une fois qu'ils auront compris que les trois autres meurtres commis sur notre propriété l'ont probablement été le même jour que celui où mes parents ont été attaqués, ils chercheront d'autres suspects.

— Ou bien, réfuta Lars d'un ton sec, ils décideront de vous accuser d'homicides multiples.

— Oh, merde !

Zoé se pencha en arrière et se frotta le visage.

— Je n'ai tué personne. Pourquoi ne recherchent-ils pas mon frère pour lui demander ce que faisait un corps enfermé dans sa chambre ? Je suis sûre qu'il existe des vidéos des gens qui sont entrés et sortis de cette maison.

— Tout dépend de ce que contenaient les bandes manquantes. Harrison est en train de les chercher.

— Bonne chance ! Il doit les trouver avant les militaires, dit-elle amèrement.

— Il est probable que ce soit la police qui mette la main dessus en premier. Elle agit légalement. Mais, il reste dans votre intérêt de prouver que quelqu'un d'autre était présent.

— Génial ! Comment le faire en étant coincée ici ?

Zoé ouvrit la liste des contacts de son téléphone.

— C'est le numéro d'Alex. Je l'ai appelé, mais je suis tombée sur sa boîte vocale.

Lars le nota.

— Je l'enverrai également à Levi.

Il se leva puis se rassit.

— J'ai oublié quelque chose. Selon Harrison, vous avez également eu une conversation très intéressante à la clinique.

— Si vous trouvez *intéressant* de discuter avec l'assassin qui a été engagé pour tuer ma mère…

Lars remit le magnétophone en marche.

— Depuis le début.

Zoé se frotta les tempes, par où commencer ?

— Richard nous a informés qu'un intrus avait été vu à l'entrée que nous avions empruntée…

Il lui fallut dix minutes pour venir au bout de son récit. Alors qu'elle tentait de se remémorer son échange avec le tueur à gages, elle s'interrompit.

— Oh, attendez.

Zoé s'illumina alors qu'elle sortait, de nouveau, son téléphone. Appuyant sur un bouton, elle le brandit vers Lars pour qu'il puisse entendre la conversation entre elle et le tueur à gages.

Lorsque ce fut terminé, elle précisa.

— J'avais oublié que j'avais enregistré ça.

— Pourquoi est-il parti sans finir son travail, selon vous ?

— D'une certaine manière, je pense que c'était une question d'honneur. Notre discussion l'a amené à se demander ce qu'il faisait, juste, pour de l'argent. Avait-il vraiment besoin de tuer une femme, déjà vaincue par tant d'années de violences, venant d'être encore tabassée, rouée de coups de pied alors qu'elle gisait à terre ? Apparemment, ça l'a vraiment outré. Il a décidé qu'elle devait vivre, qu'elle était une battante. Bien qu'il n'ait pas affirmé que mon frère avait commandité tout cela, il m'a dit qu'Alex s'était déjà engagé dans une voie bien trop sombre pour pouvoir être sauvé.

— Il était donc au courant des activités de votre frère ?

— C'est ainsi que j'ai interprété son commentaire.

Lars secoua la tête.

— Nous avons tellement de preuves sur votre téléphone. Donnez-moi une minute ! Laissez-moi voir si je peux empêcher la police de vous inculper de quoi que ce soit. Pouvez-vous m'envoyer cette vidéo ?

Zoé acquiesça et la lui transmit par courriel.

— Ne bougez pas ! Je serai de retour dans quelques heures, au plus tard.

— Quand vous le ferez, pourriez-vous m'apporter une tasse de café ? demanda-t-elle.

Lars acquiesça.

— J'espère pouvoir vous emmener dans un restaurant pour manger *et* boire un café.

Zoé lui adressa un sourire radieux.

— Dans ce cas, oubliez le café ! Faites-moi juste sortir d'ici !

Lorsqu'il ouvrit la porte, deux inspecteurs se tenaient dans le couloir, attendant d'entrer. Lars leur sourit.

— Bien, j'ai quelque chose à vous dire.

Les policiers froncèrent les sourcils, mais entrèrent, Lars sur leurs talons. Dès qu'ils s'assirent, Lars appuya sur la touche « Play » de son téléphone pour qu'ils puissent écouter la vidéo. Elle ne montrait que le plafond de la chambre de Trish, le téléphone de Zoé étant posé sur la table de chevet de sa mère pendant leur échange. Mais ils pouvaient entendre les voix assez distinctement. Les policiers se regardèrent, secouèrent la tête et prirent des notes.

Zoé se pencha en avant et affirma :

— Je vous ai dit que je ne l'avais pas tué.

— Mais vous n'aviez aucune preuve…

— Je suis bête. Je pensais que nous étions innocents jusqu'à preuve du contraire.

L'inspecteur qui avait parlé, leva les yeux au ciel et lâcha.

— Maintenant, racontez-nous tout !

Zoé se tourna vers Lars.

— Peut-on les laisser écouter l'enregistrement de notre entretien ?

Il acquiesça, sortit son magnétophone et, au cours de la demi-heure qui suivit, fit défiler les trois déclarations qu'elle avait faites.

Les inspecteurs la considérèrent.

— Nous aurons besoin de ces enregistrements.

Zoé acquiesça.

— Assurez-vous que tout cela figure bien dans votre dossier ! Parce que ces connards de militaires s'en sont tirés pour des viols. Tamara n'était ni la première ni la dernière.

— Nous ne pouvons pas faire grand-chose contre les militaires.

Elle approuva.

— Je le sais. Peut-être que je peux faire quelque chose avec de l'aide.

Le jeune inspecteur la contempla, puis s'adressa à Lars.

— Assurez-vous que ce soit légal !

— Le système judiciaire militaire est aussi réglementé que possible… Ce qui laisse une grande marge de manœuvre. La dissimulation semble être leur mode opératoire.

Les policiers grimacèrent.

— Revenons à l'affaire concernant votre père… nous avons quelques questions.

Zoé répondit de son mieux. Mais, plus ça durait, plus elle se sentait fatiguée.

Enfin, ils lui demandèrent.

— Quels sont vos projets immédiats ?

— J'ai prévu de rejoindre Harrison chez moi. De trouver mon frère. De veiller sur ma mère. Et de voir si je peux secouer quelques gradés dans l'armée pour faire en sorte que certains d'entre eux se fassent botter le cul ou, au moins, se fassent virer.

Les inspecteurs échangèrent un regard, puis déclarèrent.

— Nous avons besoin de vos coordonnées, de l'adresse du lieu où vous allez séjourner.

Zoé leur donna le numéro de téléphone de Richard, le sien et celui d'Harrison.

— Je loge chez Richard. Je n'ai aucune idée de l'endroit où se trouve sa maison. Quelque part dans *Morning Heights*. Vous pouvez l'appeler pour obtenir son adresse. Pour ce qui est du reste de mes projets, il faut que je sache à qui je vais m'en prendre ensuite. Vous feriez mieux de trouver mon frère.

Zoé fit réapparaître la liste de ses contacts.

— C'est son numéro de téléphone. Il doit répondre de l'homme mort dans sa chambre. Et non, je ne sais pas où vit Alex, quand il n'est pas chez nos parents, en train d'essayer de convaincre mon père de lui céder une de ses maisons.

L'inspecteur haussa un sourcil et l'interrogea.

— L'une d'entre elles ?

Elle opina.

— Mon père aimait posséder des choses. Les maisons, aussi. Ne me demandez pas l'adresse ! Je ne sais pas de laquelle il s'agit.

— Votre mère le saurait-elle ?

D'une voix plus douce, Zoé leur répondit.

— Non, absolument pas. Ma mère n'avait accès à aucune information que ce soit sur les affaires ou les biens de la famille.

Les policiers acquiescèrent.

— Nous devons parler à votre mère pour vérifier ce qu'elle vous a raconté.

— Vous ne l'avez pas déjà entendue au téléphone ! s'emporta-t-elle. Je ne veux pas qu'elle soit bouleversée. Elle a besoin de guérir.

— C'est vrai, mais nous devons nous assurer que c'était bien elle au téléphone. Nous devons donc la voir.

— Vous devez d'abord en parler à Richard. C'est son médecin.

Les inspecteurs se levèrent. L'un d'eux contourna la table et lui serra la main.

— Merci d'avoir enregistré cette conversation. C'est une petite preuve que vous avez de votre côté, en ce moment. Nous allons suspendre toutes les accusations jusqu'à ce que nous obtenions plus d'informations.

— Non, vous allez abandonner les poursuites, sur la base de la déclaration d'un témoin oculaire de l'une des victimes, lança Lars en se levant.

— Je n'ai rien à voir avec tout ça.

Zoé jeta un regard dur aux deux inspecteurs, se leva, opéra un demi-tour et sortit.

HARRISON ESPÉRAIT ARRIVER à temps au poste de police pour récupérer Zoé. Richard lui avait gentiment prêté l'une de ses voitures. Harrison serait là à temps. Mais… eh bien, il avait aussi espéré être à ses côtés pour la défendre… Trop tard, il avait appris qu'elle avait été libérée. Maintenant, son plan consistait à l'emmener chez Richard et à l'y garder. Il savait que Zoé aurait son mot à dire à ce sujet. Mais, Harrison ne la ramènerait pas chez elle, juste pour observer la police fouiner partout. C'était une scène de crime considérable.

Il n'y avait toujours aucun signe de son frère. Personne ne savait si Alex était vivant et impliqué, en fuite et innocent ou mort et abandonné quelque part. Harrison espérait que l'affaire serait bientôt close. Rien ne le garantissait.

Son téléphone n'avait cessé de sonner, entre les appels et les textos de Lars, Levi, Ice et Richard. Trish était, de nouveau, réveillée et reprenait des forces. Harrison avait vu le message indiquant que les flics devaient lui parler. Plus vite ce serait fait, plus ce serait facile pour tout le monde. Ensuite, la police arrêterait de se concentrer sur Zoé. S'ils ne croyaient pas la victime, c'est que quelque chose ne tournait vraiment pas rond dans le système judiciaire. Ça expliquerait aussi pourquoi les tueurs avaient fait en sorte que Trish ne survive pas à l'attaque. Elle savait qui avait fait ça. Puisqu'elle était en vie et qu'elle reprenait des forces chaque jour, l'éliminer devenait un enjeu primordial. D'autant plus que le premier tueur à gages semblait s'être retiré. Ça n'arrivait pas souvent. Malheureusement, d'autres se présenteraient pour prendre la relève, attirés par l'appât du gain.

C'était ce qui avait bloqué Harrison pendant si longtemps. Il ne pouvait décemment pas pirater le compte bancaire secret d'un meurtrier et se débarrasser des honoraires prévus pour son tueur à gages dans une salle d'interrogatoire, probablement truffée de caméras. Pendant qu'Harrison faisait disparaître l'argent, Ice avait demandé aux hommes de Bullard de remonter jusqu'à la personne qui avait mis ce contrat.

Pendant ce temps, Levi, Ice et Sienna avaient sollicité l'aide de Lissa, Katina et Alina pour établir un annuaire téléphonique, à l'ancienne. Un de ceux qu'utilisait à la fois les parents d'élèves, les mamans de footballeurs et en fait, tous les parents d'écoliers ; un de ceux existant avant l'avènement du courrier électronique. Elles avaient donc toutes leur liste constituée d'une centaine de noms à contacter. Elles ne devaient laisser un message vocal que si cela s'avérait nécessaire après trois tentatives infructueuses. Harrison avait aussi une liste, un peu moins étoffée, de quarante-sept personnes à appeler, une fois qu'il aurait terminé son piratage.

Le but de ces appels était de mettre en place un réseau souterrain pour empêcher les viols et autres « bizutages » qui se produisaient depuis bien trop longtemps au sein de l'armée.

Avec un peu de chance, chacun des six cents contacts que Levi avait fournis au départ allait en toucher six cents autres, qui en toucheraient six cents autres, et ainsi de suite, jusqu'à l'infini. Un système pyramidal de la meilleure espèce !

Une fois qu'Ice aurait terminé sa liste d'appels, elle espérait qu'un autre de ses travaux informatiques serait achevé.

Un répertoire référençant toutes les femmes enrôlées dans chaque branche de l'armée américaine. Elle espérait le diffuser à son réseau clandestin et amener ainsi à faire correspondre les surveillants locaux avec chacune de ses femmes aussi bien dans l'armée de terre, dans l'armée de l'air que dans les marines. La tâche serait ardue, mais il fallait bien commencer quelque part.

De plus, Harrison pensait que Zoé pourrait vouloir diriger un groupe, ou tendre la main à des survivantes qui voudraient organiser le leur. Ce serait son choix, bien sûr. Il avait hâte de lui faire part de tout ce travail qu'ils avaient accompli, en coulisses. Mais Zoé en avait bien assez à gérer pour l'instant, alors il attendrait que les choses se calment un peu.

Il se gara sur le parking, situé à l'arrière du commissariat, juste à temps pour voir Lars sortir, par la porte latérale, accompagné de Zoé. Elle avait l'air épuisée et, pourtant, radieuse. Il klaxonna et s'arrêta à côté d'eux. Il baissa sa vitre et dit à Zoé :

— Monte !

Elle le regarda et lui demanda :

— Où est la Jeep ?

— Surveillance en cours, comme d'habitude…

Instinctivement, Zoé regarda autour d'elle, puis se tourna vers Lars.

— Merci.

Il lui répondit par un sourire et un geste de la main.

— Pas de problème. Tenez-moi au courant !

Zoé opina, puis se dirigea du côté passager du véhicule d'Harrison et monta à bord. Dans un souffle, elle murmura.

— Comment quelqu'un d'aussi grand et d'aussi dur que Lars peut-il avoir un sourire aussi gentil ?

Harrison attendit qu'elle ait bouclé sa ceinture, avant de sortir du parking.

— Tu vas bien ?

— Ça peut aller. J'espère ne plus jamais me retrouver dans une telle situation. Je ne suis toujours pas tirée d'affaire… C'est comme s'ils voulaient me croire, mais qu'en même temps, c'était difficile pour eux de laisser partir leur très prometteuse et unique piste. Parce que s'ils ne m'ont pas, ils n'ont rien.

— C'était peut-être vrai avant, mais maintenant, avec les cadavres supplémentaires et ton enregistrement, ils ont une tonne de preuves médico-légales supplémentaires à examiner. Ils vont attraper les coupables. Ne t'inquiète pas !

Zoé renifla.

— J'ai un peu de mal à y croire, là.

— Tout le monde n'est pas méchant.

Harrison s'engagea dans la circulation, changea de voie et prit le prochain virage à droite.

— Où allons-nous ?

— Chez Richard.

Zoé refusa.

— Je veux d'abord voir ma mère. Je dormirai mieux en sachant qu'elle va bien.

Conscient de sa fatigue, mais aussi de son besoin de communiquer avec quelqu'un de son entourage, qui l'aimait, il lui conseilla.

— Appelle Richard ! Nous avons besoin de sa permission, il doit être prévenu.

Elle composa le numéro de Richard. Quand il répondit, elle lui exposa sa demande.

— Bien sûr que vous pouvez venir la voir. Trish est réveillée et vous réclame. Je suis vraiment content que la police vous ait relâchée !

— Merci, dit Zoé d'une voix étranglée.

Elle consulta Harrison.

— Combien de temps avant notre arrivée ?

— Dix minutes.

— Vous avez entendu ? demanda-t-elle à Richard.

— Oui, dans dix minutes. Je vais la préparer.

Zoé mit fin à l'appel et posa son téléphone sur ses genoux.

— Du nouveau sur la victime trouvée dans la chambre d'Alex ?

— Oui, l'identification a confirmé ce que tu soupçonnais. C'est bien Paul Canley.

— Au moins, justice a été rendue pour l'un d'entre eux.

À ses mots, Harrison se tourna vers elle.

— S'il te plaît, dis-moi que tu n'as rien à voir avec ça !

Zoé le regarda, surprise.

— Bien sûr que non ! Je voulais qu'ils soient punis, pas tués !

— À juste titre.

Avachie dans son siège, elle bâilla.

— Je pourrais dormir pendant une semaine entière !

— Après avoir vu ta mère, nous irons chez Richard. Tu mangeras et tu te mettras au lit.

Il tendit sa main vers son siège et l'ouvrit, paume vers le haut. Alors que Zoé plaçait, sans hésitation, sa main, beaucoup plus petite, dans la sienne, Harrison sentit quelque chose s'installer en lui. Quelque chose de bon. De juste. D'honnête. Il ne voulait pas que Zoé pense qu'il doutait d'elle. Elle devait savoir qu'il était de son côté, indéfectiblement. Elle avait été mise à mal, avait reçu beaucoup de mauvais coups, mais la vie et les gens n'étaient pas tous mauvais.

Harrison voulait qu'elle le voie sous un jour complètement différent. Pas comme un garde du corps, mais comme un ami, ou peut-être plus… Il n'avait jamais vraiment cru au *coup de foudre*. Même s'il croyait, avec certitude, au plaisir immédiat. Tout simplement, parce que c'était la version moderne d'une relation pour ceux ne souhaitant pas se promettre de s'aimer pour *toujours*. Il n'y voyait pas d'inconvénient à partir du moment où tout le monde était libre et consentant. Harrison regarda la guerrière fatiguée, mais vaillante à ses côtés. Elle était toujours aussi furieuse, piquante et rebelle. Il réalisa qu'il n'avait pas cherché le bon type de femme jusqu'alors. Il avait toujours choisi la douceur et la délicatesse. Il ne considérait pas vraiment ces femmes comme étant faibles, mais elles voulaient des choses différentes… Elles étaient du genre à s'en remettre à lui, à ne jamais lui faire de reproches lorsqu'il avait tort. Elles reculaient toujours lorsqu'il se déployait. Au contraire, cette femme, à côté de lui, lui faisait face et lui disait de reculer.

Harrison en avait besoin. Il ne s'en était pas rendu compte avant, mais il en avait vraiment besoin. Il ne voulait pas d'un paillasson. Il voulait une compagne fougueuse, avec qui s'associer, non pas quelqu'un dont il fallait s'occuper en permanence. Il voulait vieillir auprès d'elle. Il s'imaginait Zoé et lui, assis dans des fauteuils à bascule sous le porche de leur maison, à soixante-dix ou quatre-vingts ans. Elle ne supporterait jamais ses conneries. Elle lui renverrait toujours la balle.

Il n'avait pas une personnalité conflictuelle. Mais, il ne voulait pas que sa compagne recule et lui donne l'impression de l'opprimer. Ce n'était pas dans sa nature d'être menaçant, à moins qu'il n'ait affaire à des méchants. S'il s'emportait avec sa maîtresse, il ne voulait pas qu'elle se recroqueville. Avec Zoé, il n'y aurait aucun risque que cela se produise. Elle était trop occupée à lui rendre la monnaie de sa pièce.

— Qu'est-ce qui te fait sourire comme ça, bon sang ? grogna-t-elle.

En entendant le ton de sa voix, son sourire s'élargit.

— J'ai décidé que j'aimais les tortues, annonça Harrison, puis il se tut.

Zoé le fixa, l'incompréhension se lisant sur son visage.

— C'est bien.

Elle leva les yeux au ciel et s'installa dans son siège, appuyée contre la portière. Harrison s'esclaffa.

— Les tortues serpentines en particulier.

Il se rendit compte qu'elle était en train de comprendre, alors qu'elle lui lançait un regard noir.

— C'est mieux d'être une tortue serpentine que d'être trop gentille.

— Je suis sûr que tu as été gentille, douce et câline à un moment donné de ta vie, déclara-t-il. Bon, certes pas en ce moment. Tu ne l'as jamais été depuis que je t'ai rencontrée. Mais j'ai décidé d'aimer… Les porcs-épics, les tortues serpentines et les oursonnes.

Zoé se redressa.

— Je ne suis pas que ça ! Si ?

À ce moment-là, Harrison éclata de rire. Quand il se calma, il vit que Zoé le fixait et, bon sang, qu'elle souffrait.

À voix basse, elle demanda :

— Le suis-je ?

— Non, tu ne l'es pas. Tu es à peu près parfaite. Tu ne prétends pas être quelqu'un d'autre. Après quelques mois passés avec quelqu'un comme toi, je serais déçu de découvrir que ce n'était qu'une façade.

— Je ne sais pas faire semblant. Ça a rendu ma mère folle. J'ai toujours pensé qu'il valait mieux être honnête, être moi-même.

— Je suis d'accord.

— Je n'ai pas toujours été comme ça, dit-elle doucement. La mort de Tamara est à l'origine de mon comportement. J'étais tellement en colère. Je n'avais pas d'exutoire face à toute cette injustice, je ne trouvais pas la paix.

Harrison lui serra doucement la main.

— Il y a des événements qui changent la vie. La façon dont nous réagissons, dont nous les gérons, dont nous avançons, c'est ça l'important. Ce n'est pas facile, mais ça en vaut la peine. C'est bien que tu aies ressenti ce sentiment d'injustice au nom de Tamara. C'était une période horrible de ta vie. Tu as fait de ton mieux. Maintenant, certains d'entre nous, qui ont plus de pouvoir, qui connaissent certaines personnes, feront ce qu'ils peuvent aussi. Nous ne pouvons toujours pas garantir que justice sera faite pour elle, mais nous essaierons.

Zoé étreignit sa main.

— Merci.

Il se gara sur le parking de l'hôpital et fit le tour par l'arrière. Ils sortirent et se dirigèrent vers la même entrée que celle qu'ils avaient déjà utilisée auparavant. Harrison composa le code que Richard venait de leur envoyer par SMS. Il fit un signe à la caméra de surveillance et la porte se déverrouilla. Ils entrèrent alors que la porte se refermait. Harrison entendit la sécurité changer les codes après leur passage.

— Richard ne tient rien pour acquis, n'est-ce pas ? demanda Zoé.

— Non, certainement pas depuis la dernière intrusion.

Ils montèrent sans rencontrer personne. Arrivés au dernier étage, ils trouvèrent deux agents de sécurité qui les attendaient, comme d'habitude. Dès qu'ils furent autorisés à entrer, ils se dirigèrent vers la chambre de Trish. Deux autres gardes étaient postés près de sa porte.

Zoé se calma instantanément, lorsqu'elle réalisa que sa mère était vraiment protégée.

— Richard fait-il cela pour tout le monde ou seulement pour ma mère ?

— Probablement pour tous ceux qui en ont besoin, mais je pense que dans ce cas, ta mère tient une place spéciale dans son cœur.

Elle sourit à Harrison.

— Oui, je ne pense pas que maman restera seule très longtemps maintenant. Richard est un homme bon. Je ne l'imagine pas lui cassant la figure.

— Non, ce n'est pas ton père.

Ils franchirent la porte et virent Trish assise dans son lit, une petite table sur ses genoux, en train de savourer une tasse de thé. Dès qu'elle vit Zoé, son visage s'illumina. Harrison put enfin voir l'ombre de la beauté que Trish devait être, quand son visage n'était pas bouffi et violet.

Zoé accourut à ses côtés, se pencha doucement et serra sa mère dans ses bras.

— Tu as l'air d'aller beaucoup mieux !

— Je me sens beaucoup mieux.

Elle tapota la main de sa fille et scruta son visage.

— Je dois dire que tu n'as pas l'air bien, toi !

Zoé regarda Harrison et répondit :

— La journée a été un peu difficile.

Sa mère acquiesça.

— Richard m'a expliqué. Je suis contente que la police t'ait laissée partir.

Trish tourna la tête vers Harrison et lui adressa un petit sourire.

— Où sont mes manières ? Vous devez être Harrison.

— Oui, madame.

Il s'approcha d'un pas.

— Merci beaucoup d'avoir aidé ma fille à traverser cette épreuve.

— Avec plaisir, madame.

— Maman, il faut qu'on retrouve Alex.

Zoé ne pouvait pas expliquer pourquoi à sa mère. Pas tant qu'elle était encore en convalescence.

— Je n'ai aucune idée de l'endroit où il se trouve.

Le regard de Trish se porta sur le côté.

— Maman, est-ce que papa a donné à Alex l'une de ses maisons ?

Sa mère grimaça avant de lui répondre.

— Je ne sais pas si ça s'est passé.

— Tu ne voulais pas que je le sache parce qu'il n'y avait pas de maison pour moi, n'est-ce pas ?

Sa mère acquiesça.

— Je ne sais pas pourquoi ton père ne t'a jamais traitée équitablement.

— Eh bien, cela n'a plus d'importance. Il est mort, il ne peut plus véhiculer ses préjugés.

— Il y aura encore beaucoup de paperasse à gérer, déclara sa mère. Je ne suis même pas sûre des avoirs financiers.

— Ni qu'il t'ait laissé quoi que ce soit, la prévint Zoé. Père n'était rien d'autre qu'un grand cachottier. Il est tout à fait possible qu'il ait tout légué à Alex !

Trish haussa les épaules.

— Être enfin libérée de toute cette violence, de ce cauchemar… Cela en vaut la peine.

Zoé se rassit, un grand sourire aux lèvres.

— Bien, c'est l'attitude à adopter. Je pourrais toujours trouver un travail et subvenir à nos besoins, à toutes les deux.

Sa mère lui caressa la joue.

— J'ai un peu d'argent. Ne t'inquiète pas pour moi ! Je n'aurai certes pas le niveau de vie auquel j'étais habituée, mais je serai plus en sécurité, plus heureuse et bien moins effrayée.

Zoé sourit.

— Tant que tu es saine et sauve et que la police trouve ces hommes terribles, tout ira bien.

Harrison écoutait l'échange avec intérêt. Il voyait une femme riche échanger joyeusement le mode de vie aisé qu'elle avait toujours eu contre un plus simple, plus paisible, exempt de douleur et de terreur constantes. Il appréciait vraiment la façon dont Zoé avait spontanément proposé de les soutenir toutes les deux, même s'il n'avait aucune idée comment elle s'y prendrait. Elle n'avait pas de travail à plein temps. Elles formaient un mélange intéressant. Ces femmes étaient des survivantes. Et, en tant que telles, bien qu'elles puissent avoir *besoin d'aide*, elles n'avaient *besoin* de personne dans leur vie. Harrison pensa quitter la pièce pour leur laisser un peu d'intimité.

Son téléphone sonna. Voyant que c'était Saul, il fit signe à Zoé :

— Il faut que je réponde. Il sortit dans le couloir. Qu'y a-t-il, Saul ?

— Dakota s'est fait tirer dessus.

Chapitre 13

ZOÉ LEVA LES yeux lorsqu'Harrison rentra dans la chambre. Son visage était dur, figé. Elle comprit immédiatement que quelque chose de grave s'était produit. Elle se leva d'un bond et courut vers lui.

— Qu'est-ce qui ne va pas ?

— Dakota s'est fait tirer dessus.

— Oh, mon Dieu !

Elle l'enlaça.

— Est-il vivant ? Dans quel état ?

Harrison la serra contre lui. Elle n'avait pas pu le réconforter jusqu'alors. C'était lui qui l'avait aidée. Elle fixa son visage et découvrit son expression ravagée.

— C'est si grave que ça ?

— Il est en chirurgie. Je ne sais pas si c'est grave ou non.

— Sais-tu qui lui a tiré dessus ?

— Pas encore, rétorqua Harrison. Nous le saurons bientôt, expliqua-t-il en secouant la tête. Désolé, je ne voulais pas m'emporter contre toi. Je file à l'hôpital.

Elle tendit la main pour l'arrêter.

— Je sais que c'est ce que tu veux faire parce que c'est ton ami. Mais, il est en train d'être opéré. Ça va probablement durer des heures. Tu ne peux rien faire pour lui pour l'instant. Réfléchis ! Peut-on faire quelque chose pour attraper celui qui lui a tiré dessus ?

Harrison dévisagea Zoé, un muscle se contractant dans sa mâchoire. Elle pouvait le voir se débattre entre réalité et émotions. Il acquiesça.

— Je vais appeler Saul. Reste là !

Zoé recula. Elle l'observa tandis qu'il allait et venait dans le couloir, son téléphone collé à l'oreille. Lorsqu'Harrison eut terminé, il se tourna vers elle.

— Tu devrais rester ici, auprès de ta mère.

Zoé refusa.

— Non. Je viens avec toi.

Il ouvrit la bouche, mais elle posa son index sur ses lèvres.

— Non. Pas la peine d'argumenter.

Elle lança un regard à Trish.

— Maman, je t'appelle plus tard. Sois prudente !

Sa mère lui adressa un faible sourire.

— C'est sans doute une bonne chose que tu t'en ailles maintenant. Je me sens très fatiguée.

Zoé revint en courant, serra sa mère dans ses bras et l'embrassa puis murmura :

— Dors ! Repose-toi, c'est tout.

Elle s'élança hors de la pièce et vit Harrison qui se dirigeait déjà vers l'escalier. Elle leva les yeux au ciel et courut pour le rattraper. Elle passa son bras dans le sien et essaya de le suivre. Elle était petite, il était grand. Ses longues enjambées la faisaient courir. Pourtant, se plaindre était la dernière chose qu'elle aurait faite.

Elle descendit les marches à toute allure, ne le lâchant pas d'une semelle. Dehors, elle sauta rapidement sur le siège passager.

— Qu'est-ce que Saul en dit ?

— Il est au centre-ville. Il a coincé le tireur dans une

vieille maison. Il a appelé les flics en renfort, mais ils n'ont personne de disponible avant vingt minutes.

— Tu vois ? C'est une bonne chose que tu ne sois pas allé à l'hôpital. Saul a besoin de toi.

Harrison ne dit rien. Il démarra, quitta le parking en trombe, s'engagea sur la route principale et entra l'adresse dans le GPS. Quelques minutes plus tard, ils étaient presque arrivés.

— Nous ne sommes pas très loin, s'étonna Zoé. Je me demande ce que faisaient Saul et Dakota ici.

— Ils nous ont suivis jusqu'à la clinique, puis ils sont allés vérifier quelques adresses fournies par Levi.

— S'il n'y a pas de flics disponibles, qui a emmené Dakota à l'hôpital ? Et comment Saul a-t-il réussi à coincer le tireur ?

— Je ne suis pas sûr, mais Saul a mentionné que des militaires étaient impliqués, nous devons nous tenir prêts.

Harrison tourna au coin de la rue.

— L'adresse correspond à l'un des noms de ta liste.

Zoé sursauta.

— C'est terrible. Nous devons trouver ces deux hommes, les maillons faibles du réseau de Paul.

— Peut-être qu'on les retrouvera après.

Harrison remonta la rue à toute allure et se gara à quelques maisons de l'adresse indiquée par le GPS. Il regarda Zoé.

— Tu n'es pas armée, tu devrais rester dans le véhicule.

Elle le vit sortir de la voiture et courir vers Saul, caché parmi les cèdres derrière la maison d'un voisin. Elle put voir les deux hommes échanger brièvement avant qu'Harrison ne se glisse le long de la clôture et ne se rende à l'arrière de la maison en question. Elle n'était peut-être pas armée, mais elle n'était pas sans défense.

À voix basse, elle s'adressa à Saul :

— Je vais faire le guet. Vas-y ! Ce n'est pas une bonne idée qu'Harrison entre dans cette maison sans renfort.

Saul la regarda attentivement, sembla apprécier ce qu'il vit. Il sortit un pistolet de sa botte, qu'il lui tendit.

— D'après Harrison, tu es une ancienne militaire. Tu sais donc t'en servir.

Soulagée, Zoé accepta l'arme et opina.

— Vas-y ! Occupe-toi de Harrison !

Saul disparut. Elle resta aux aguets, son téléphone dans une main, son arme dans l'autre. Zoé attendait que les deux hommes entrent par l'arrière. Si quelqu'un sortait par devant, elle n'aurait aucun problème à tirer sur le fuyard. Surtout s'il s'agissait d'un des connards qui avaient violé Tamara. Elle devait s'assurer que son tir serait justifié et qu'elle visait pour mutiler et non pour tuer. Elle ne chercherait pas une occasion de tirer, mais si un fugitif ne s'arrêtait pas, c'était son choix.

Zoé observa. Elle entendit bientôt des cris, des bruits, des coups de feu, des tirs de riposte. Soudain, la porte d'entrée s'ouvrit en claquant et un homme dévala les marches. Il était armé. Il se retourna et tira à travers la porte d'entrée. Zoé courut jusqu'au portillon de la clôture et le somma :

— Arrête-toi ou je tire !

L'homme fit volte-face, la reconnut, ses traits se crispèrent.

— C'est toi, putain de salope ! Tu n'as fait que me causer des emmerdes !

Il leva son arme et tira. Saul avait raison. Elle avait reçu un entraînement militaire. Elle riposta. Il lui fallut toute sa volonté pour ne pas le tuer. Elle voulait que ce salaud souffre en prison, pendant un sacré bout de temps. Elle l'avait atteint à la main, tenant son arme, entre ses doigts, déchirant son poignet. Cela mettrait certainement son bras droit hors service pour longtemps. Il hurla, lâcha son arme et resta planté là, le sang coulant de sa main fracassée.

Zoé s'approcha, gardant son pistolet braqué sur lui.

— À terre, Jeff ! cria-t-elle.

Il lui lança un grognement et s'accroupit prêt à l'attaquer. Elle abaissa son arme, la pointant droit sur son entrejambe.

— Je me fous de savoir si tu auras des couilles, ou pas, quand tu seras en prison. C'est peut-être une bonne chose que tu n'en as pas… Tu vas être le chien de quelqu'un pendant longtemps.

Jeff la fixa, la bouche ouverte comme s'il voulait se battre. Harrison et Saul déboulèrent de la maison et se tinrent à ses côtés. Harrison attrapa la main valide de Jeff. Il souleva sa main sanguinolente et lâcha :

— Tu ne sais rien sur les soins à apporter à ce genre de blessures ? Garde-la en l'air ! Ça permet de ralentir l'hémorragie.

Sa voix était moqueuse et dure. Il avait sorti son téléphone pour appeler la police. Le revolver de Saul étant braqué sur Jeff, Zoé abaissa lentement son arme. Elle tremblait un peu. Elle rendit l'arme à Saul et lui confia :

— Tu devrais être fier de moi. J'avais vraiment envie de lui tirer dans les couilles !

Zoé alla faire les cent pas sur le trottoir, pour évacuer sa tension, tout en les regardant s'occuper de Jeff. Puis, elle s'approcha à nouveau de lui.

— Je suppose que Randy et Lee ont emmené l'homme

sur lequel vous avez tiré à l'hôpital ?

— Je ne lui ai pas tiré dessus ! s'exclama Jeff lui lançant un regard noir.

Zoé se détourna, puis asséna un violent coup de pied dans le coude de son bras blessé. Il cria si fort qu'on put l'entendre dans tout le quartier.

— Oh, regardez ça ! Ton cri de fillette va faire arriver les flics beaucoup plus vite.

Elle le fixa et lui cracha.

— Tu crois vraiment que je me soucie de ce qui t'arrive ?

— Tu le devrais, salope, parce que je vais m'assurer qu'il t'arrive quelque chose de bien plus désagréable à toi aussi ! la menaça-t-il.

— Mais bien sûr… Et je devrais croire un gros dur qui doit violer une femme au sein d'un gang ? Pourquoi ? C'est le seul moyen pour toi de bander ? L'armée ne peut plus te protéger, tu sais ? Tu as tiré sur un civil !

Jeff ricana. Zoé s'arrêta, puis hocha la tête.

— C'est vrai. C'est probablement Lawrence qui a tiré sur Dakota. Si vous étiez, Randy, Lee et toi, ici, alors lui aussi.

— C'était de la légitime défense, salope.

— Ah oui, et pour ma mère ?!

Jeff fronça les sourcils, confus.

— Je n'en sais rien pour ta foutue mère !

Zoé l'étudia.

— Et pour mon père ?

Il secoua la tête.

— Je ne sais pas de quoi tu parles.

— Tu ne sais rien… Rien d'autre que les viols ? Tu n'as donc pas participé à l'assassinat de mon père ? Au passage à tabac de ma mère ? Et pour les deux employés de mon père et qui ont été abattus et laissés morts dans leur cottage ?

Non ?

Jeff nia.

— Qu'est-ce que tu racontes ?! Tu n'as rien à me reprocher. Je n'ai rien à voir avec tout ça !

Il fulmina.

— Je ne sais rien au sujet du meurtre. Espèce de demeurée ! Salope ! Tu n'aurais jamais dû faire partie de l'armée !

Harrison sortit son téléphone, feuilleta les photos et lui en montra une.

— Qu'en est-il de cet homme-là ? C'était ton meilleur ami, n'est-ce pas ? Celui avec qui tu as violé ces femmes ? Vous faites partie d'une fraternité à la con ? Tu sais qu'il est mort, n'est-ce pas ? Il rapprocha la photo pour que Jeff puisse voir le visage boursouflé de Paul Canley, qu'ils avaient trouvé dans la salle de bain d'Alex.

Jeff blêmit.

— Merde ! Je ne suis pas au courant pour ça. C'est à elle qu'il faut s'adresser ! Bon sang ! Elle est probablement en train de nous éliminer un par un !

Il détourna le regard et lança.

— Qu'est-ce qui lui est arrivé ?

— Quelqu'un l'a étranglé, répondit Zoé. J'ai pensé que ça pouvait être toi…

— Quoi ? Non ! C'était mon meilleur ami ! Je ne savais même pas qu'il était mort. Je ne lui ai pas parlé ces deux derniers jours. Je ne lui ai pas parlé depuis une semaine. Peut-être plus, je ne sais pas. Son père le harcelait parce qu'il avait des ennuis, alors on l'avait laissé un peu tranquille.

— Le général le harcelait à propos de quoi ? s'emporta Zoé.

Jeff haussa les épaules.

— Les militaires n'aimaient pas toutes ces histoires. Ils te considéraient comme une fauteuse de troubles. Ta campagne avait attiré beaucoup d'attention.

— Alors, le duo père-fils s'est rendu chez mon père, lui a tiré dessus et a ensuite battu ma mère à mort !

Jeff s'affaissa littéralement.

— Écoutez tous, je ne sais rien de tout ça, d'accord ? Nous nous sommes amusés avec quelques femmes dans l'armée. Elles étaient toutes d'accord. Elles savaient toutes exactement dans quoi elles s'engageaient en s'enrôlant ! J'en ai marre de toutes ces nanas qui crient au viol après coup.

Il secoua, de nouveau, la tête.

— Putain de salopes !

— C'était aussi l'opinion de Paul ?

— Bien sûr que oui ! Généralement, Paul s'occupait des femmes. Il prenait toutes les dispositions nécessaires.

— Eh bien, Paul est mort maintenant. Il ne peut donc plus se défendre, ce qui est une bonne chose, car je le frapperais volontiers s'il essayait. Maintenant, nous recherchons son père. Bien sûr, Jeff, nous recherchons aussi les trois autres violeurs. Vous étiez cinq, n'est-ce pas ?

Il soupira, puis acquiesça.

— Croyez-moi, Randy et Lee ne voulaient pas participer, expliqua Jeff, reniflant. Honnêtement, je ne suis pas sûr qu'ils l'aient fait avec Tamara. Ils sont gays. Je sais que Randy ne pouvait pas bander avec elle.

— Comme c'est agréable d'être reconnaissant pour certaines choses ! clama Zoé d'un ton caustique.

Jeff haussa les épaules.

— Je ne serais pas du tout surpris que ces deux-là nous aient balancés. Ils ont vécu ici pendant un certain temps, puis ils ont disparu. Quant à Lawrence, je n'ai aucune idée de l'endroit où il se trouve. Il était ici. Il a tiré sur ce mec et a disparu. Je n'ai pas eu grand-chose à voir avec lui depuis que le suicide de Tamara a mis le feu aux poudres et que le groupe s'est disloqué.

— Le général t'a aussi sauvé la mise dans l'armée ?

— Il devait le faire. S'il ne m'avait pas protégé, j'aurais pu descendre Paul en un clin d'œil.

— Et à combien de femmes as-tu fait ça ? Ce que tu as fait à Tamara ?

— On ne peut pas les comparer à Tamara. Je ne sais pas ce qui s'est passé. Elle était à fond sur Paul au début.

— Ce n'est pas parce qu'elle voulait sortir avec Paul qu'elle méritait d'être violée par vous tous ! s'exclama Zoé avec un regard dégoûté. Combien d'autres femmes ?

— Deux ou trois. Je ne sais pas, peut-être quatre ou cinq. Personne n'en a fait tout un plat comme Tamara !

— Des noms !

Au loin, Zoé entendit des sirènes.

Elle insista.

— Je veux les noms de toutes ces femmes !

— Tu peux demander tout ce que tu veux, salope !

Harrison l'attrapa par la peau du cou et le pinça très fort. De curieux borborygmes sortirent de sa gorge, comme si l'oxygène avait été coupé dans sa trachée. Lorsque Harrison le relâcha, Jeff haletait. Sur le ton de la conversation, Zoé reprit.

— D'une manière ou d'une autre, tu vas faire de la prison. Pour ce que j'en sais, tu es impliqué dans le passage à tabac de ma mère et dans le meurtre de mon père. Et, d'après ce que je vois, tu as probablement aussi quelque chose à voir avec le meurtre de Paul.

Jeff la regarda, horrifié.

— Je n'ai rien à voir avec toute cette merde !

— Les noms de ces femmes. Maintenant ! fit la voix dure de Zoé.

Jeff ferma les yeux et les récita. Zoé avait entendu parler de l'une d'entre elles, en connaissait une autre, mais les suivantes étaient nouvelles. Elle continua à le questionner.

— Tu es sûr qu'il n'y en a pas d'autres ?

— Non, il n'y en a pas eu d'autres. Paul en a peut-être fait quelques-unes de son côté, mais nous n'en avons pas fait d'autres ensemble.

— Et vous deux, sans le groupe ?

Jeff secoua la tête.

— Non, on s'est dit que l'union faisait la force.

— Ce qui prouve que vous saviez que c'était mal depuis le début.

— Je ne te dirai plus un mot, salope !

Zoé haussa les épaules et lui montra son téléphone.

— Ça n'a pas d'importance que tu le fasses ou non. J'ai déjà enregistré notre conversation. Elle leva son regard vers Harrison.

— Merci.

Il inclina la tête.

— Nous ferons en sorte qu'ils tombent tous.

— Je veux que justice soit faite, déclara Zoé. Même s'il est trop tard pour Tamara. Il ne faut pas que les autres femmes se sentent abandonnées sous prétexte qu'elles n'ont pas de pénis.

Elle jeta un regard dur à Jeff et ajouta à son intention.

— J'aimerais bien te coller quelques meurtres sur le dos, m'assurer que tu fasses longtemps de la prison et que tu sois la salope de quelqu'un là-bas. On verra si tu aimes les douches après un viol collectif.

Zoé se retourna et marcha le long du trottoir, faisant les

cent pas. Elle devait se changer les idées. C'était une chose de partir à la recherche des trois violeurs, mais qu'est-ce que tout cela avait à voir avec son frère ?

Elle revint avec de nouvelles questions pour Jeff.

— Connais-tu mon frère ?

Le visage pâle, sous le choc de sa blessure, Jeff s'effondra, sa main ensanglantée posée avec précaution sur sa poitrine.

— Je connais ton frère. Paul le connaissait.

— Savais-tu que Paul allait le rencontrer ?

— Ils se sont vus, par intermittence, pendant des années, renâcla Jeff. Ton frère est une vraie plaie.

— Je sais. C'est juste que je ne sais pas jusqu'à quel point.

Jeff la regarda, surpris, la sueur coulant de son front.

— Il est bien pire que Paul.

— Tu en as la preuve ?

— Une preuve ? Paul l'a certainement ! s'emporta-t-il. Il aimait collecter des informations sur différentes personnes. Je pense que c'est pour cela que son père était obligé de le protéger.

Paul savait des choses sur son propre père.

— Belle famille !

— Presque aussi belle que la tienne, répliqua-t-il.

Zoé grimaça.

— Touché.

Après l'arrivée des policiers, Harrison passa un coup de fil rapide pour informer Levi de l'évolution de la situation. Harrison apprit que la balistique confirmait le fait que le sénateur n'avait pas été tué avec son arme. Lorsqu'il eut terminé, il se dirigea vers l'inspecteur avec lequel il s'était entretenu plus tôt.

— Les deux autres hommes impliqués dans cette affaire ont emmené mon blessé à l'hôpital. Vous devez les attraper avant qu'ils ne disparaissent.

L'inspecteur le toisa.

— Leurs noms ?

Harrison lui donna les noms des cinq militaires impliqués dans l'affaire du viol de Tamara.

— L'homme, que vous avez trouvé mort dans la chambre du frère de Zoé, était Paul, l'instigateur, le leader. Son père est général. Lui, c'est Jeff, l'un des cinq autres qui ont violé Tamara Vettering. Les deux hommes qui ont emmené mon équipier, Dakota, à l'hôpital – Randy et Lee – étaient les maillons faibles de leur groupe. Paul les avait fait chanter pour qu'ils commettent les viols collectifs avec eux, les obligeant à s'exécuter. Le dernier complice, Lawrence, a tiré sur Dakota. Lawrence est instable, c'est un fou. Je doute fortement qu'il se laisse attraper vivant.

Le policier fit signe à Saul et Zoé, qui se tenaient à l'écart. Les bras de Saul se croisèrent sur sa poitrine, affichant un regard dur.

— Étiez-vous tous ici quand la fusillade a eu lieu ?

Saul livra, à tout le monde, une version simple de ce qui s'était passé.

— C'est l'adresse que Levi a trouvée pour Paul. Nous voulions parler à son père, voir s'il savait quelque chose sur les activités de son fils ou s'il pouvait être impliqué dans la dissimulation. Nous n'avons pas encore localisé le général. Dès que nous sommes arrivés, la porte s'est ouverte. Je n'ai pas reconnu Lawrence tout de suite. J'avais vu sa photo, mais il n'avait plus l'air d'un militaire. Il devait savoir qu'il avait des ennuis, car il m'a claqué la porte au nez, tirant directement au travers. Dakota est tombé, immédiatement. Deux hommes sont sortis en courant par la porte arrière et sont arrivés pour m'aider à dégager Dakota. Ils m'ont précisé que leurs deux acolytes à l'intérieur étaient fous, l'avaient toujours été. Je leur ai promis de parler aux autorités en leur faveur, s'ils emmenaient Dakota à l'hôpital de toute urgence et coopéraient avec nous en racontant tout ce qu'ils savaient. Ils ont accepté, ce que j'ai filmé sur mon téléphone, en disant qu'ils auraient dû s'en aller depuis longtemps. Ils étaient suffisamment effrayés pour que je les croie.

Saul jeta un coup d'œil à la maison et ajouta :

— Ces deux-là parleront. Ils donneront tout ce qu'ils savent pour sauver leur peau. Ils m'ont aidé à sauver Dakota. Ce type-là – Saul désigna Jeff – est furieux de ne pas s'en être sorti avec Lawrence. Parce que maintenant, il va être inculpé.

Jeff lui lança un regard noir.

— Je ne tomberai pas seul !

Saul le dévisagea et hocha la tête.

— J'y compte bien.

Jeff baissa son regard vers le sol et secoua la tête.

— Merde !

— Tu as tiré sur Dakota, dit Harrison. C'est une tentative de meurtre. Pour moi, tu es également impliqué dans l'assassinat d'un sénateur et dans le fait d'avoir battu sa femme. Il est fort possible que tu sois condamné dans les trois autres homicides. Et tu détiens des informations sur quelqu'un d'autre, dont nous avons besoin.

Le policier regarda Harrison et demanda :

— Qui ça ?

— Le frère de Zoé, Alex. Nous ne l'avons pas localisé.

Alors qu'Harrison disait cela, il sentit une petite main se glisser dans la sienne. Il considéra Zoé, debout, à côté de lui, ses doigts nichés dans les siens, fixant le flic. Harrison les étreignit doucement.

— Pour l'instant, la seule chose positive, c'était que l'affaire a été révélée au grand jour. Nous devons retrouver Alex et les trois derniers membres du groupe des violeurs. Lawrence Hitchcock est une tête brûlée, un sauvage. Il tuera autant de flics qu'il le pourra avant de tomber.

Le policier jeta un coup d'œil à Jeff et lui demanda.

— Vous le pensez aussi ?

Jeff le toisa, puis hocha la tête.

— Oui, il le fera. Il a récemment été renvoyé de l'armée. Il vient d'une famille de militaires. Ils ne sont pas contents. Son père ne lui parle plus, son grand-père non plus. Lawrence est en colère.

— En colère pour quoi ? Pour s'être fait prendre !

Jeff acquiesça.

— J'ai bénéficié d'une certaine immunité de la part de l'armée en raison des informations personnelles que je possède sur Paul et son père. Lawrence, lui, n'en a pas eu.

— Alors, il était là pour se venger de toi ! s'écria Zoé. Si Dakota et Saul n'étaient pas arrivés à ce moment-là, il y a de fortes chances qu'il t'aurait tué !

Jeff lui répliqua :

— Je ne suis pas si facile à tuer.

— Peut-être, mais je suppose que ce n'est pas le cas des deux autres.

Il grimaça.

— Qu'est-ce que je peux dire ? Seuls les hommes faibles se plient devant Paul. Même s'il pouvait être terrifiant. Paul voulait un public. Il avait besoin d'être le chef du groupe. La plupart des gens voulaient être proches de Paul à cause de son père. Mais le vrai caractère de Paul est vite apparu. Il était sadique. Même les filles que nous avons baisées, il les harcelait par la suite, leur envoyant des SMS pour leur dire qu'il voulait qu'on les revoie… Certaines photos sont sur Internet. Je ne sais même pas comment ma vie en est arrivée là. Ce n'est pas ce que j'avais l'intention de faire.

— Connaissais-tu Paul avant l'armée ?

Jeff nia.

— Non. Au début, je l'idolâtrais. J'ai encaissé un tas de saloperies de la part de beaucoup de mecs. Le bizutage militaire typique. Paul m'a défendu, m'a sorti de quelques mauvais pas. Il était toujours là, à veiller sur moi. C'est arrivé si vite. Avant que je ne m'en rende compte, j'étais dépassé par les événements et je ne pouvais plus revenir en arrière, je ne pouvais plus m'en sortir. Les gens comme Paul ne se soucient pas vraiment des autres. Ils sont tourmentés, tordus. Lawrence, lui, aimait vraiment ça. C'était un mini-Paul. Il a le potentiel pour être bien pire. Si vous ne l'attrapez pas en premier, il vous attrapera. Il est déchaîné et il se fiche de savoir qui il élimine. Il a une liste de gens qu'il déteste.

— Qui est le premier sur sa liste ?

Jeff ricana.

— Zoé !

Harrison se raidit. Elle rit.

— Laisse-le venir, cette petite merde ! Je le démembrerai avec plaisir.

Jeff acquiesça.

— Tu sais, je te crois presque. Mais il ne viendra pas sans armes. Il ne joue jamais franc jeu. Il triche au poker et te tire dans le dos.

— Même si je meurs, répliqua-t-elle, les flics savent déjà tout. Ce sera un meurtre de plus à ajouter à ton casier judiciaire.

— Pas au mien. Je n'ai rien à voir avec ça. Je te l'ai déjà dit. S'il t'arrive quelque chose, je n'y suis pour rien.

— À moins que vous n'ayez décidé ensemble de m'éliminer.

Le regard de Jeff s'écarquillât.

— Ne… bon sang, non ! Non, non, non. Je ne vais pas dans cette direction-là !

— C'est dommage. Tu l'as déjà fait.

Harrison l'observa, surpris qu'elle n'ait pas peur. Zoé était étrangement calme. Comme si elle savait quelque chose.

Zoé sourit et reprit.

— Tu pourras discuter de tout cela avec le procureur lorsque tu seras inculpé, avec le reste de votre bande.

Jeff secoua la tête.

— Non. Non, ce n'est pas juste.

Elle ricana.

— Qu'est-ce qui est juste pour ma mère ? Qu'est-ce qui est juste pour mon père ?

— Tu devrais être contente pour ton père, rétorqua Jeff. C'est l'une des raisons pour lesquelles tu étais sur la liste de Paul. Mais, il a choisi Tamara en premier. Après coup, il a dit que ça aurait dû être toi !

Jeff réalisa alors ce qu'il venait de dire. Le visage de Zoé se durcit, elle se détourna. Elle lança aux flics.

— Ça vous suffit ?

Le policier, responsable de l'affaire, lui fit un signe de tête appuyé et désigna deux hommes pour escorter le prisonnier.

— Je vous suggère fortement de doubler la sécurité à l'hôpital pendant qu'il se rétablit, dit Zoé alors que Jeff passait devant elle en trébuchant. Lawrence va essayer de l'éliminer. Comme les deux autres, il est un boulet, désormais.

Harrison l'attrapa et l'attira contre lui.

— Tout va bien.

Zoé l'enlaça à son tour, le serrant aussi fort qu'elle le pouvait. Il la laissa faire. Il savait qu'elle avait besoin de se raccrocher à quelque chose, de faire face à cette situation et de se débarrasser d'une partie de son stress. Lorsqu'elle se détendit enfin et se blottit contre son cœur, il posa son menton sur sa tête et la serra fort.

— Parfois, il arrive de bonnes choses aux gens, murmura-t-il contre son oreille. Même à toi.

Elle pencha la tête en arrière avec un grand sourire.

— Eh bien, il y a une bonne chose dans tout ça. C'est *toi*. Tu es mon héros !

Harrison gémit.

— S'il te plaît, n'utilise pas ce terme !

Zoé, surprise, l'interrogea :

— Tu n'aimes pas ?

— Non, ça n'a pas une très bonne connotation pour moi.

Elle se moqua.

— Dans ce cas, je pense que je vais beaucoup l'utiliser.

Il rétorqua :

— J'avais oublié ton côté méchant.

Il lui renversa la tête en arrière, se pencha vers elle et l'embrassa fougueusement. Au lieu de s'indigner, elle passa ses bras autour de son cou et lui rendit son baiser. Lorsqu'il releva la tête, il avait du mal à respirer.

À voix basse, elle dit :

— J'espère vraiment que tu disposes d'une chambre d'hôtel ou d'un endroit tranquille, pas loin, pour poursuivre cette conversation !

Son cœur battait contre sa poitrine, il la serra contre son corps, sentant son érection douloureuse dans son jean. Harrison essaya de reprendre son souffle. Ils étaient en public, après tout.

Saul les considéra et, avec un sourire en coin, se dirigea vers la Jeep en sifflotant un petit air.

Harrison le reconnut : c'était le thème de *La croisière s'amuse*. Il enlaça Zoé d'un bras et la précipita dans la direction opposée. Une fois à l'intérieur de la voiture, elle le questionna.

— Où va-t-on ?

Il lui lança un regard innocent.

— On retourne chez Richard. Ce n'est pas là que tu voulais aller ?

Elle posa une main sur sa cuisse, qu'elle caressa lentement jusqu'à l'aine. Il aspira un grand coup, mit le moteur en marche et s'engagea dans la circulation.

Zoé ricana et gazouilla :

— J'organise bientôt un voyage au septième ciel. Tu veux venir avec moi ?

Il accéléra.

Chapitre 14

QUI ÉTAIT CETTE femme à l'intérieur d'elle ? Zoé ne reconnaissait pas la femme sexy qui avait soudain envie de cet homme comme elle n'en avait jamais eu envie auparavant. Était-ce l'aboutissement de tous les événements survenus jusqu'à présent qui avaient réveillé quelque chose, qui avait été submergé en elle depuis la mort de Tamara ? Elle n'avait pas eu de relation sérieuse depuis. Elle n'avait jamais eu d'aventure d'un soir. Elle n'avait pas été capable d'affronter les hommes. Elle ne pouvait pas les regarder autrement qu'avec méfiance. Sa colère s'était envenimée. Mais maintenant, c'était comme si quelque chose avait été débloqué, sa colère s'était apaisée. À sa place, il y avait ce feu, ce besoin brûlant de se purifier de l'intérieur. Pas avec n'importe qui, seulement avec Harrison. Cet homme qui s'était tenu à ses côtés pour l'aider. Il l'avait secouée, troublée en profondeur, à plusieurs reprises. Tout ce qu'elle voulait maintenant, c'était lui sauter dessus.

Zoé observa ses jointures blanches sur le volant. Elle sourit. Parce qu'elle savait qu'il était avec elle, à fond.

— Combien de temps ? demanda-t-elle.

— Cinq minutes, répondit-il d'une voix étranglée.

Elle émit un rire sulfureux.

— Je ne sais pas si je peux attendre aussi longtemps…

Il lui lança un regard indigné.

— Nous ne ferons pas l'amour dans la voiture !

Zoé s'esclaffa.

— Bon sang, non ! Je ne suis pas du genre à faire l'amour en deux secondes. J'ai entendu dire que vous étiez censés avoir de l'endurance... De l'endurance... Les meilleurs des meilleurs ? N'est-ce pas ?

Elle pressa doucement sa cuisse musclée, dure comme le roc. Lorsqu'un léger gémissement s'échappa de la gorge d'Harrison, elle se mit à rire d'un air endiablé et sensuel.

— Ne t'inquiète pas. Ce n'est pas grave. Je ne te mettrai pas à l'épreuve... La première fois. Cela fait un bon moment que je suis seule. Alors, un coup rapide, ce serait bien aussi.

Harrison releva :

— Un bon moment ?

Elle acquiesça et lui sourit.

— Depuis Tamara.

Il hocha la tête en signe de compréhension.

— Elle avait de la chance de t'avoir comme amie.

— Ce n'était, quand même, pas assez.

— Tu ne pouvais rien faire de plus.

Il attendit une seconde puis ajouta.

— Mais je suis ravi de savoir que tu as attendu.

Zoé gloussa, de nouveau.

— Ils disent toujours ça !

— Hé, je n'ai pas vraiment beaucoup pratiqué non plus !

— Bien, dit-elle.

Ses doigts remontèrent plus haut, caressant doucement le pli de son jean.

— Si tu continues comme ça, je n'arriverai pas chez Richard !

— Je te fais confiance, susurra-t-elle avec un sourire chaleureux. Je sais à quel point tu aimes le contrôle...

— Bon Dieu, tu me tues, là !

— Non.

Elle fléchit à nouveau doucement ses doigts, laissant ses ongles effleurer l'intérieur de sa cuisse.

— Je ne désire pas te tuer tout de suite.

— Heureux de pouvoir rendre service !

Zoé éclata alors de rire.

— Eh bien, étant donné que nous étions tous les deux en service et que nous sommes maintenant « hors service », peut-être devrions-nous nous rendre service l'un à l'autre, non ?

Sa voix s'adoucit et il lâcha.

— Ça me va, oui…

Taquine, elle lui lança.

— Derrière, devant, ou debout ?

— Bon Dieu !

Elle lui tapota la jambe et retira lentement sa main. Ils approchaient du portail de Richard. Il baissa sa vitre, tapa le code et attendit que le portail se déverrouille. Il s'avança et se gara.

— Tu es vraiment prête ?

Zoé étudia son regard, sentit la chaleur qui lui brûlait les os, caressa doucement sa joue et répondit :

— Allons-y !

Ils sautèrent tous les deux hors du véhicule. Et, gloussant comme des adolescents, ils coururent jusqu'à la porte d'entrée. Vérifiant que la maison était vide, espérant que Foster était dans son cottage, ils montèrent à toute vitesse dans la chambre d'Harrison. Il ouvrit la porte, pour vérifier qu'elle était bien vide et l'entraîna à l'intérieur. Il claqua la porte et la ferma à clé derrière eux. Zoé n'attendit pas qu'il se retourne. Lorsqu'Harrison lui fit face, elle se tenait devant lui en culotte et en soutien-gorge.

Il ouvrit grand les bras et lâcha :

— Merde !

Elle s'approcha, émue de voir ce grand homme trembler. Elle glissa ses mains sous son tee-shirt, parcourant ses abdominaux durs et musclés.

— Tu es trop habillé.

Elle fit glisser son tee-shirt vers le haut. Mais Harrison était si grand, si haut, qu'elle ne pouvait pas le faire passer par-dessus sa tête.

Il s'en débarrassa rapidement, le jetant par terre, tandis que les mains de la jeune femme s'affairaient déjà sur son jean. Heureusement, il n'avait pas de ceinture pour la ralentir. Elle défit le bouton et fit glisser lentement la fermeture éclair sur le renflement qui se trouvait en dessous. Sa main testait, mesurait. Avant que la fermeture n'atteigne le bas, Zoé glissa sa main à l'intérieur.

Harrison lui prit la main, la retira et déclara.

— Oh, non, tu ne peux pas ! Pas question. Pas encore. Il enleva son jean et son boxer. En quelques secondes, il se tenait devant elle, presque nu.

Le fait qu'il ne porte que ses chaussettes la fit rire. De son pied, elle lui caressa le mollet et commenta.

— Il me reste aussi deux vêtements. J'en enlève un et tu en enlèves un.

Il jeta un coup d'œil à ses chaussettes et refusa.

— Les deux maintenant !

Et il se débarrassa de ses chaussettes. Elle recula lente-ment vers le lit, passa sa main dans son dos et, après avoir dégrafé son soutien-gorge, laissa tomber les bretelles vers l'avant. Son regard s'arrêta sur ses seins. Harrison déglutit difficilement.

— Tu sais, je t'ai imaginée. Je ne me souviens même plus du nombre de fois depuis que je t'ai rencontrée pour la première fois. Et pourtant, il ne m'est jamais venu à l'esprit que tu pouvais être aussi belle.

Zoé glissa ses doigts dans l'élastique de sa culotte et la descendit, lentement, jusqu'à ce qu'elle puisse la dégager de ses chevilles. Puis, elle se tint devant lui, nue, elle aussi.

Elle ouvrit les bras. Il la surprit encore une fois. Il fit quelques pas en avant, la prit dans ses bras et la porta directement sur le lit. Il la déposa sur la couverture. Il s'abaissa lentement jusqu'à ce qu'il soit agenouillé au-dessus d'elle. Son regard était brûlant, traçant un chemin de feu sur sa peau tendre et sensible. Son regard était plein d'émerveillement.

Il chuchota :

— Si parfaite…

Elle laissa ses doigts parcourir ses épaules et son torse. Elle savait que la fièvre allait les envahir très vite et qu'ils n'auraient pas le temps de s'amuser. Ils s'étaient tous les deux retenus pendant si longtemps, cette première fois serait dure et rapide, elle était tout à fait d'accord avec ça.

— Je suis heureuse que tu le penses, murmura-t-elle.

Elle glissa l'une de ses jambes entre les siennes, son pied caressant lentement l'extérieur de sa cuisse, sentant les muscles durs de son corps. Il était en excellente condition physique, dans la fleur de l'âge. Il était juste…

—… Tellement parfait !

Il s'esclaffa.

— Regarde-nous ! chuchota-t-elle. C'est comme une société d'admiration mutuelle.

— Je ne vois rien de mieux !

Il baissa la tête et prit un de ses mamelons dans sa

bouche. Il ne la touchait nulle part ailleurs. Juste cette succion, faite de longues et profondes bouffées.

Elle se cambra, sentant le plaisir se propager au plus profond de son corps. Son ventre se contracta. Elle poussa un cri guttural. Il glissa ses mains sous le bas de son dos, se déplaça et se retrouva entre ses jambes. Ses hanches se soulevèrent. Elle pressa son ventre contre son érection. Tout en la maintenant, il la tétait à satiété. Des frissons lui parcoururent l'échine lorsqu'il quitta son mamelon pour lécher son sein, de nouveau.

Une moitié de son corps était absolument en feu, alors que l'autre était si perdue et si seule. Comme s'il le savait, il se déplaça vers son autre sein. Elle enfonça ses doigts dans les boucles de sa chevelure et le serra contre elle. Elle avait oublié à quel point elle avait besoin de ça. Le sentiment d'être ensemble.

Elle avait eu des relations, mais rien qui ne l'ait bouleversée aussi fortement, aussi rapidement. Aucun homme n'avait touché son âme comme lui. Elle ne savait pas ce qu'ils avaient là. Elle n'avait pas eu le temps d'y réfléchir. Ils n'avaient peut-être plus le temps. Elle ne le savait pas, mais pour l'instant, elle désirait ardemment tout ce qu'elle pouvait obtenir de lui. Elle n'avait jamais espéré trouver quelqu'un pour partager une histoire d'amour. Elle n'avait jamais voulu le faire, n'ayant grandi qu'avec la version du mariage de ses parents. Elle ne pouvait pas imaginer pire pour elle.

Descendant lentement le long de son corps, il embrassa, caressa chaque parcelle de peau sur son passage, laissant un sillage de feu et de destruction. Elle lui attrapa les oreilles pour l'approcher et l'embrasser.

— Embrasse-moi ! murmura-t-elle. Comme si tu me voulais ! Comme si tu le voulais !

Il captura son regard et, avec le plus doux des sourires, il tendit la main et prit sa joue dans sa paume. Il effleura ses lèvres, sa joue, descendit jusqu'au lobe de son oreille, revint à sa bouche et susurra contre ses lèvres :

— Je le veux vraiment. Je ne m'attendais pas à te trouver. Je ne m'attendais pas du tout à te trouver. J'ai fui l'amour, il y a des années.

Sa voix tremblait sous le coup de l'émotion.

— Et puis, cette femme combative, fougueuse s'est présentée devant moi, protestant à chaque étape. J'ai compris que j'avais été attiré par le mauvais type de femme, pour les mauvaises raisons. Ce que je voulais vraiment, c'était une partenaire. Quelqu'un qui me tiendrait tête. Quelqu'un qui ferait l'amour *avec* moi.

Et, il souligna son propos d'un baiser. Elle comprenait. Elle avait rencontré beaucoup de femmes qui s'attendaient à ce qu'on s'occupe d'elles, au lit comme à l'extérieur. Ce n'était pas son style.

— J'ai toujours craint que les hommes soient comme mon père. J'ai donc évité les hommes forts, qui me semblaient dominateurs. Conquérants. Surtout ceux qui manquaient totalement de respect pour mon corps, mes émotions, mon âme.

Elle lui prit la joue de la même façon qu'il l'avait fait avec la sienne plus tôt et murmura contre ses lèvres.

— Et puis, je t'ai trouvé.

Lentement, très lentement, il baissa la tête pour réduire la distance entre eux et scella ses lèvres avec les siennes.

Elle l'entoura de ses bras et le serra fort. Elle ne voulait plus le laisser partir. Lorsqu'il releva la tête et la regarda, elle eut du mal à comprendre son regard. Il semblait si perdu. Émerveillé. Ses yeux s'humidifièrent, elle se rendit compte que ses larmes coulaient.

Une inquiétude se dessina au coin des lèvres d'Harrison.

Elle sourit.

— Des larmes, oui. Mais de joie.

Les yeux d'Harrison s'illuminèrent et ses lèvres se retroussèrent en un sourire sexy.

— Alors, voyons si nous ne pouvons pas faire quelque chose avec ça !

Il descendit et baissa de nouveau la tête. Cette fois, sa langue chercha, trouva et Zoé le laissa entrer. Elle le conduisit dans les recoins de son cœur. Dans les recoins de son âme. Alors même qu'elle lui ouvrait son corps, elle le laissait entrer dans son cœur. Il s'aventura en elle. Pas facilement. Pas confortablement. Elle avait le sentiment d'être étirée, d'être remplie au maximum.

Elle resta dans ses bras, incapable de bouger, ne voulant pas que ce moment se termine. Puis, il bougea, le plongeon fut doux. Une fois, deux fois. Il prit appui sur ses bras et la regarda fixement. Leurs regards se rencontrèrent, avec compréhension, émerveillement et, oui, avec une profonde joie partagée. Il glissa ses deux mains pour saisir ses hanches. Il la souleva contre lui et plongea de plus en plus vite, de plus en plus profondément. Elle resserra ses cuisses autour de ses hanches.

— Encore… chuchota-t-elle.

Il la remplit plus profondément.

— Plus ! demanda-t-elle.

Il la pénétra plus fort encore.

Alors qu'elle ouvrait la bouche pour le lui redire, il toucha le cœur de son être et elle explosa dans ses bras. Il la transperça de plus en plus fort, la chevauchant jusqu'au paroxysme, s'enfonçant de plus en plus profondément en elle comme si c'était le seul moyen pour lui de la posséder à un niveau, dont elle n'avait jamais soupçonné l'existence. Finalement, il rugit, son corps tremblant, frissonnant au-dessus d'elle alors que sa semence jaillissait et la remplissait.

Quand Harrison s'effondra à côté d'elle, Zoé gloussa.

— Tu vois ? Je ne t'ai pas tué !

— Effectivement.

Il se retourna et, avec la plus grande douceur, déposa un baiser sur sa tempe. Puis, il la serra contre lui.

— Dors ! Je veillerai sur toi, Zoé.

Elle était si fatiguée. Dans un sourire satisfait, le cœur paisible, elle ferma les yeux et accepta ce que cet homme avait à lui offrir. La sécurité. Le respect. L'amour. L'acceptation.

LE TÉLÉPHONE DE Harrison sonna, le tirant de son sommeil. Il vérifia l'heure et réalisa qu'ils faisaient tous deux la sieste depuis une bonne heure. Il attrapa son téléphone et décrocha.

— Hé, quoi de neuf ?

— Dakota est sorti de la salle d'opération. Il sera fatigué pendant un moment, mais il s'en sortira.

— C'est une excellente nouvelle.

— Jeff a été opéré de la main. Il a parlé pendant tout le trajet. Les flics ont tout enregistré. Il a coincé Paul et son père et tous les autres hommes du groupe. Les deux hommes qui ont emmené Dakota à l'hôpital se sont rendus aux flics.

— Sont-ils toujours militaires ?

— Pas un seul. Bien que Jeff, Lawrence et Paul ont tenu un peu plus longtemps que Randy et Lee. Lawrence a fini par être renvoyé avec une décharge déshonorante. Zoé ne croyait peut-être pas qu'elle faisait quelque chose de bien, mais l'affaire a été rouverte à cause de ses plaintes constantes, parce qu'elle envoyait des courriels avec de nouveaux éléments sur tout ce qu'elle avait trouvé pour qu'ils l'étudient de nouveau. Honnêtement, je pense que l'armée lui doit d'énormes excuses.

Harrison la serra dans ses bras et la blottit plus étroitement contre son torse. Elle marmonna doucement.

— Ce n'est pas une surprise. Elle ne voulait que la justice pour une amie.

Il se racla la gorge.

— Et ces autres femmes auront besoin d'aide pour s'en remettre. Nous devrions nous assurer que la police et une psychologue les approchent. Si l'une d'entre elles est encore en vie.

— J'espère que c'est le cas. Même si, je peux comprendre pourquoi Tamara a pensé que le suicide était le seul choix qui lui restait.

— Nous devons trouver Lawrence. Ce ne sera pas fini tant qu'on ne l'aura pas attrapé. Ainsi que le général.

— La police nous a demandé de faire bouger le général. Et, bien sûr, l'armée est à sa recherche.

— Il n'est pas au-dessus de la loi. Une idée de l'endroit où chercher Lawrence ?

— Jeff a donné un certain nombre d'adresses possibles à la police. Apparemment, le père de Lawrence avait une cabane de pêcheur dans les environs.

La voix de Saul se fit plus grave lorsqu'il ajouta.

— Je me demande si Lawrence laissera Jeff vivre. Il a déjà fait une tentative.

— Si j'étais lui, je l'achèverais à l'hôpital.

— En effet. Je vais faire le guet.

— Nous serons là dans vingt minutes, dit Harrison. Veux-tu un café ?

— Oui, tant que ce n'est pas celui de l'hôpital.

Harrison raccrocha. Zoé chuchota contre sa poitrine.

— Je suppose que nous devrions y aller ?

— Tu n'es pas obligée de le faire. Moi, si. C'est l'un de mes hommes et Levi compte sur moi pour voir comment Saul et Dakota se débrouillent en mission avant de les intégrer à la société à plein temps.

Zoé se redressa et repoussa ses cheveux en arrière.

— C'est vrai. Il faut absolument que tu y ailles.

Elle se pinça les lèvres un long moment, puis décida.

— Je viens aussi.

— Tu es en sécurité ici. Il contempla les beaux traits de son visage, son air de plénitude.

— C'est possible. Mais je fais partie de cette affaire. J'aimerais aller jusqu'au bout.

Chapitre 15

ZOÉ VOULAIT ALLER jusqu'au bout. Rendre la pareille aux hommes qui l'avaient aidée. Ce n'était pas terminé. Ils devaient encore s'occuper de Lawrence et d'Alex. Elle avait envie d'une douche chaude, mais ce n'était pas le moment. Ils s'habillèrent rapidement.

— Je ne sais toujours pas de quelle façon Alex est impliqué.

— Ni si c'est vraiment le cas, d'ailleurs.

— Oh, c'est le cas ! Je suis prête à parier cher sur le fait qu'il a tué Paul.

— Mais pourquoi aurait-il laissé le corps dans sa propre chambre ?

— Il s'est probablement enfui. Et il me fait porter le chapeau maintenant.

Bon sang, elle savait que c'était ce qu'il faisait. Prêt à tout pour qu'elle ne soit plus sur son chemin et qu'il l'entube en même temps.

Ils montèrent dans la voiture et franchirent le portail, se dirigeant vers le drive du café local. Ils prirent des cafés pour Saul et eux. Harrison se gara bientôt sur un immense parking, réservé aux employés et aux visiteurs de l'hôpital général.

Lorsqu'il sortit, Zoé déclara.

— L'atmosphère est très différente de celle de la clinque

de Richard.

— Absolument. Mais c'est ici que se trouve Dakota.

Elle opina.

— Je suppose qu'il y a de bons médecins ici aussi.

— Sans aucun doute. Avec beaucoup plus d'expérience concernant les blessures par balle.

Il n'y avait rien à répondre à cela. C'était la vérité. Les services des urgences de toutes les grandes villes américaines avaient beaucoup de mal à faire face à l'afflux quotidien de patients qui franchissaient leurs portes. Les blessures par balle étaient monnaie courante.

Saul les vit arriver. Il guettait leur arrivée depuis la salle d'attente.

— Jeff est toujours en chirurgie. Il a des fragments d'os dans la main et des lésions nerveuses. Il lança un regard à Zoé.

— Grâce à toi.

Elle serra sa mâchoire et acquiesça.

— Mais je ne l'ai pas tué.

Saul lui adressa un sourire et assura.

— C'est une bonne chose.

Il ne lui était pas difficile d'être d'accord. L'idée qu'il puisse être enfermé pendant des décennies la fit sourire. Elle observa brièvement Harrison et lui demanda.

— Devons-nous toujours aller au poste de police ?

Il confirma.

— Oui, tout à fait.

Il se tourna vers Saul.

— Des nouvelles de Dakota ?

— Il est en soins intensifs, mais les médecins sont satisfaits du pronostic. La balle n'a rien touché de vital.

— C'est un peu un baptême du feu pour travailler pour

Legendary Security, non ?

Saul répondit sobrement.

— Nous avons déjà vécu ça. C'était en Afghanistan, à l'époque.

— Vous avez tous les deux fait du bon travail. Levi est satisfait de vos performances.

— C'est bon à entendre. Nous voulons travailler pour *Legendary Security.* C'est notre boulot.

Zoé étudia les deux hommes et se rendit compte qu'ils appartenaient à la même espèce. Leur regard, leur détermination, leur capacité accompagnés d'une certaine puissance, lui plaisait. Elle s'avança et s'adressa à Saul.

— Je voudrais te remercier pour tout ce que tu as fait pour assurer la sécurité de ma mère et pour virer ces salauds de la rue.

Visiblement mal à l'aise, il enfonça ses mains dans ses poches et recula. Elle sourit.

— Je te ferais bien un câlin, mais ça n'a pas l'air d'être ton style.

— Ça pourrait être mon style, répondit-il, mais Harrison me tuerait. Alors, évitons ! Merci quand même.

Ça la fit rire. Zoé se tourna vers Harrison, qui affichait un sourire tranquille. Ses bras étaient croisés sur sa poitrine.

— Est-ce que c'est si évident ?

— Comme je l'ai dit, c'est notre travail.

Elle leva les yeux au ciel et jeta un regard autour d'elle.

— Je pense que nous devrions faire quelque chose de constructif, comme retrouver mon frère et Lawrence.

— C'est une bonne idée, mais savez-vous comment ou où ?

Zoé se tourna vers Saul.

— Tu as dit qu'il y avait une cabane pas loin d'ici ?

— C'est à plusieurs heures de route. Je crois que la police a envoyé quelqu'un pour vérifier.

— Vérifions un autre endroit ? S'ils s'occupent de la cabane, nous pouvons en prendre un autre. Honnêtement, la police n'a pas suffisamment d'effectifs pour ce travail de fourmis.

Harrison annonça.

— Je vais sortir et appeler l'inspecteur. Voir ce qu'ils ont prévu et s'ils ont besoin d'un coup de main supplémentaire…

Il se dirigea vers l'entrée du bâtiment, laissant la jeune femme le suivre du regard. Elle étudia rapidement Saul et lui demanda.

— Tu connais les autres adresses ?

Il acquiesça.

— Il y a quelques petites maisons en ville, mais je ne suis pas sûr que Lawrence irait dans un endroit que Jeff connaît.

— Tu as raison. Donc même la cabane n'est que peu probable.

Un médecin sortit par l'une des portes devant lesquelles deux policiers montaient la garde. Il s'arrêta pour leur parler. Saul s'avança. Zoé le suivit.

— S'il n'est pas, de nouveau, opéré, nous devons l'enregistrer.

— Vous êtes responsables de sa sécurité ici. Nous verrons ça avec l'administration de l'hôpital.

— Puis-je le voir ? demanda Zoé.

Le docteur se tourna vers elle.

— Qui êtes-vous ?

Elle grimaça. Saul répondit.

— L'une des personnes impliquées dans sa capture. En fait, c'est elle qui lui a tiré dessus.

Les sourcils du médecin se levèrent instantanément. Il l'étudia, puis demanda.

— Je suppose qu'il s'agissait d'un tir légitime ?

— Absolument. C'était de la légitime défense. Il avait déjà tiré sur l'une des personnes que vous venez d'opérer.

Le médecin acquiesça.

— Pourquoi voulez-vous le voir ?

— Il s'en est pris à ses acolytes. Nous cherchons à savoir où l'un d'eux pourrait se cacher. Je ne sais pas s'il me parlera, mais comme il me déteste, il est possible qu'il me révèle quelque chose, involontairement.

L'un des deux flics approuva.

— Je vous accompagne.

Avec la permission du médecin, Zoé put voir Jeff. Il était derrière des rideaux, allongé, le bras lourdement bandé. Manifestement, il souffrait. Les analgésiques ne tarderaient pas à faire effet.

— Jeff ?

Ses yeux s'ouvrirent, alors qu'il tentait de se redresser, puis se refermèrent.

— Toi ? Je ne veux plus jamais te voir !

— Et j'espère que ce ne sera pas le cas, dit-elle calmement. Nous devons trouver Lawrence.

Il fit un signe de la main.

— C'est bien. Je vous ai donné tout ce que je savais !

— Tu nous as indiqué trois endroits où il pourrait se trouver. Mais après avoir essayé de te tuer, il y a de fortes chances qu'il n'aille pas dans ceux que tu connais déjà.

Jeff ouvrit les yeux et l'étudia.

— Je veux qu'il soit capturé. Mieux encore, je veux qu'il meure.

— Pourquoi ? demanda Zoé sans détour.

— Lawrence reviendra. C'est impossible qu'il ne revienne pas.

Jeff haussa son épaule valide et fixa le plafond.

— Même si je suis en prison, il trouvera un moyen de me tuer. Il m'a tiré dessus.

Il souleva sa chemise pour qu'elle puisse voir son bandage.

— Il a raté son coup.

— Raison de plus pour que tu nous aides à l'attraper.

Il se frotta le front en réfléchissant profondément.

— Peut-être qu'il est avec sa petite amie.

— Il en a une ?

— C'est assez récent. Je ne pense pas qu'il sache que je suis au courant.

Jeff tourna son regard vers Zoé.

— Mais je l'ai entendu lui parler au téléphone. C'était vraiment une conversation très chaude.

— Une idée de qui elle est ou de l'endroit où elle vit ?

— Elle a un appartement dans la rue Rowland. Elle s'appelle Sasha.

Il réfléchit.

— Sasha Leyland, je crois.

Le policier sortit et elle resta avec Jeff.

— Nous allons vérifier tout de suite. Tu penses qu'il va se rendre ?

— Honnêtement ? Quel choix lui reste-t-il ? Soit il quitte le pays pour de bon, soit il sort les armes pour éliminer le plus grand nombre d'entre nous.

— Je vote pour la seconde solution. Ça nous donnerait l'occasion de tirer, pour le tuer.

Jeff lui lança un regard dur.

— Tu pourrais être surprise. C'est un sacré tireur d'élite.

Il pourrait bien t'abattre en premier.

— Ça en vaudra la peine ! s'exclama-t-elle.

Zoé se retourna et sortit, découvrant Harrison qui la scrutait derrière le rideau. Elle s'approcha de lui, un air confus sur le visage.

— Qu'y a-t-il ?

Il lui saisit le menton et lui fit relever le visage.

— Non, tu n'as pas le droit de prendre une balle pour t'assurer que ce type tombe. Ça *n'en vaudrait pas* la peine. Certains d'entre nous ne veulent pas te perdre.

Zoé se figea une seconde en lisant la vérité dans son regard. Elle passa ses bras autour de son cou. Harrison la souleva, la fit pivoter et la serra contre lui.

— Tu le penses vraiment ?

— Je viens de le dire, non ?

Sa voix était bourrue, son ton mal assuré. Elle sourit et tendit la main pour lui tapoter la joue.

— C'est mignon. Tu n'aimes pas, non plus, parler de tes sentiments.

Il lui lança un regard en biais.

— Je ne t'entends pas dire quoi que ce soit.

— Je n'allais pas le faire jusqu'à ce que tu dises quelque chose, répliqua Zoé, souriante.

Il fulminait.

Elle inclina le menton et lui lança le même regard. Puis, elle se pencha et murmura contre son oreille.

— Je ne voudrais pas te perdre non plus.

Il passa un bras autour de son épaule et l'entraîna vers Saul, tout en lui demandant.

— Alors, c'est quoi l'histoire de la petite amie ?

— Les flics envoient quelqu'un, déclara-t-elle.

Saul s'approcha d'eux et les questionna.

— On part ? Ou on reste plutôt ici à surveiller l'hôpital ? Zoé proposa.

— Ou nous allons chercher à manger et on en discute autour d'un repas ?

Les deux hommes la regardèrent et elle haussa les épaules.

— Quoi ? J'ai brûlé beaucoup de calories aujourd'hui. J'ai faim.

Ils se dirigèrent tous les trois, vers le parking, sous le soleil.

— Les flics s'occupent de vérifier les endroits que Jeff a balancés, expliqua Saul. Ils envoient des patrouilles à la cabane et aux deux autres adresses.

— Je n'arrive pas à me débarrasser du sentiment qu'il n'est pas prudent de laisser Jeff sans surveillance.

— Il ne l'est pas. Deux policiers sont là, protesta Zoé.

Après avoir convenu de manger d'abord, ils marchèrent jusqu'à la rue principale passant devant l'hôpital. Alors qu'ils traversaient, un véhicule s'approcha lentement d'eux. Soudain, la voiture percuta Zoé, la souleva et la jeta au sol. Des coups de feu retentirent. Zoé se retourna juste à temps pour voir la voiture filer à toute vitesse. Harrison avait un genou à terre et tirait sur les pneus. Il avait touché le gauche et il semblait qu'il avait peut-être détruit le droit. Le véhicule s'immobilisa dans un vacarme terrible. Au moment où les jantes métalliques touchaient le sol, le conducteur ouvrit la portière, sauta et s'enfuit.

Zoé n'avait pas été la meilleure sprinteuse de son équipe pour rien. Elle se leva et le prit en chasse en un éclair. Il courait, essoufflé, paniqué. C'était bien. Elle n'avait pas l'intention de le laisser en liberté. Les pieds battant le pavé, elle se lança à la poursuite de sa proie qui cherchait désespérément à l'écarter de sa piste. Il se retourna et tira. Elle esquiva facilement la balle et accéléra, de plus en plus vite.

Un véhicule arriva alors à sa hauteur. Zoé savait que les gars avaient pris la voiture pour la rattraper. Elle savait aussi que c'était Lawrence qui courait devant elle. Il bifurqua sur la gauche et se dirigea vers une ruelle, trop étroite pour que Saul et Harrison puissent les suivre en voiture, mais Zoé le suivit, sans ralentir. Elle n'avait pas d'arme et elle le regrettait. Mais, l'écraser à mains nues serait aussi très satisfaisant. Lawrence s'élança vers le côté le plus éloigné. Pour chaque dizaine de mètres qu'il parcourait, elle gagnait du terrain.

Il cria par-dessus son épaule :

— Laisse-moi tranquille, Zoé !

Et elle en rit. Elle sentait sa colère s'enflammer dans son cœur et ses jambes. Elle lui cria.

— C'est pour Tamara, connard !

Elle avait l'impression que son amie lui procurait une force supplémentaire. Le bout de la ruelle se profila. Un véhicule s'approchait, au coin de la rue. Craignant que Lawrence ne saute par-dessus une clôture pour rejoindre la ruelle voisine, Zoé le plaqua au sol. Son visage mangea la poussière, alors qu'il s'arrêtait. Il aurait une éruption cutanée sur toute la joue. Zoé ne pouvait pas être plus heureuse. Elle lui saisit les poignets, les tordit dans son dos et le tint fermement pour qu'il ne puisse pas bouger. Puis elle s'assit sur lui.

— La seule raison pour laquelle je ne te tabasse pas tout de suite, dit-elle en reprenant son souffle, c'est parce que je veux te voir pourrir en prison, espèce de petite merde.

Lawrence secoua la tête, haletant pour articuler alors qu'il tentait d'éjecter Zoé de son dos.

— Je ne veux pas. Je ne veux pas. Tu ne comprends pas.

Il y a des gens qui me protégeront ! Il y en a aussi qui me tueront !

— Nous trouverons qui est qui.

Zoé leva la tête, s'attendant à voir Saul et Harrison sortir de la voiture. Lorsque le chauffeur sortit, elle se sentit blêmir et l'horreur envahit son âme.

Son frère, Alex, s'avançait vers eux. Il portait des gants noirs et tenait une arme dans sa main. Il la pointa sur elle et lâcha.

— Salut, frangine !

Zoé secoua la tête.

— S'il te plaît, pas toi !

Alex demanda narquois :

— Pourquoi pas ? Ça fait longtemps que je suis ce chemin. Je ne vais pas changer maintenant.

— Étais-tu à la maison quand on a tiré sur notre père ?

Elle tâtonna avec les bras de Lawrence et son téléphone portable tomba par terre. Sous couvert d'une meilleure prise des mains de Lawrence, elle appuya sur « Enregistrer ».

— As-tu vraiment vu le père de Paul tuer le nôtre ?

Alex acquiesça.

— Oui, je l'ai vu. Et non, je ne l'ai pas arrêté.

Alex soupira.

— Pourquoi s'en préoccuper ? Johan a dû les laisser entrer. Quelques instants plus tard, ils se sont disputés à propos de toi et de l'affaire Tamara. Le père de Paul voulait te faire taire. Les choses ont dégénéré à partir de là. Le général a tiré sur notre père et maman est intervenue en leur criant dessus. Paul s'est retourné contre elle tel un animal vicieux. Père l'avait déjà bien battue, mais pas autant que Paul. Elle avait laissé faire notre père, alors quelle différence cela pouvait bien faire ? Ensuite, ils sont allés chez Angelina et Johan. J'ai entendu les coups de feu et j'ai pensé qu'ils les avaient tués eux aussi.

Il haussa à nouveau les épaules, comme s'il s'en fichait.

— J'ai détruit les vidéos de surveillance originales de Père.

— Alors pourquoi as-tu tué Paul ?

— Parce qu'il est venu me réclamer de l'argent. Il s'est dit qu'avec la mort de mes parents, je devais être riche. Il a essayé de me faire chanter…

— Te faire chanter pour quoi ?

Zoé savait qu'elle ne voulait pas entendre la réponse à cette question, mais elle n'avait pas le choix. Elle devait le faire.

— J'ai joué à un petit jeu à côté, expliqua Alex en lui faisant un sourire vicieux. Père aimait battre ses femmes. Personnellement, j'aime les mettre dans un sac, les étiqueter, les garder un jour ou deux, puis les tuer.

Zoé le regarda, horrifiée.

— Oh, mon Dieu ! Tu parles d'enlever des femmes, de les torturer et de les violer ?

Sa voix s'éleva en un cri horrible.

— Oui, je les trouve beaucoup plus amusantes quand elles sont terrifiées. Ses yeux s'assombrirent. Vides. Ça fait vraiment ressortir l'animal qui est en moi.

Zoé secoua la tête, son estomac remontant au fond de sa gorge. Mon Dieu, comment cela avait-il pu arriver ? C'était un monstre.

— Paul n'était sûrement pas au courant de ça ?

— Il m'a parlé de ses victimes. J'ai décidé que j'aimerais bien terroriser l'une d'entre elles, de nouveau…

Il fit un horrible sourire tordu.

— Tu sais, elle ne s'est pas suicidée.

Le choc fut profond. Zoé trembla. Son corps fut pris de spasmes lorsqu'elle comprit que son frère avait tué Tamara.

— L'as-tu violée ?

Alex nia.

— Elle était déjà bien endommagée. Je ne pouvais pas lui faire grand-chose de plus. Mais, je me suis dit que si je la tuais, cela te ferait souffrir davantage… C'est un aspect qui me plaisait beaucoup.

Il tira et la toucha à la cuisse.

Elle cria et s'effondra sur Lawrence, pourtant elle pouvait encore se redresser un peu et parler.

— Pourquoi me détestes-tu à ce point ? Je ne t'ai jamais rien fait !

— Père te respectait. Je n'ai jamais pu faire en sorte qu'il me voie. Il m'ignorait. Toi, il te détestait, mais il te respectait aussi.

Le ton d'Alex était si amer qu'elle ne pouvait que le regarder, stupéfaite. Pendant toutes ces années où elle avait tenu tête à son père, Alex s'était contenté de s'éloigner. Elle pouvait comprendre que son père n'ait pas apprécié cette attitude. Il n'avait certainement pas aimé qu'elle lui tienne tête. Ça l'avait rendu fou de rage. Elle ne lui avait jamais laissé voir sa peur.

Alors, oui, d'une certaine manière, son père l'avait respectée. Et c'était ce qui avait poussé son frère à la détester.

— J'aurais tellement aimé que Père supplie pour sauver sa vie pendant que j'aurai tenu son propre pistolet sur sa tête, mais… peu importe. J'ai enterré tous les corps de mes victimes sur ses terres. Maintenant qu'il est mort, il ne peut plus se défendre. Après vous avoir tués tous les deux, j'irai achever ma chère mère. J'ai payé cher pour qu'elle sorte définitivement de ma vie. Quelqu'un a volé l'argent sur mon compte en Suisse. Maintenant, je pourrais être une cible. Quand je trouverai le connard cupide qui m'a fait ça, je le tuerai aussi.

Alex s'arrêta suffisamment longtemps pour contempler l'expression de sa sœur.

— Ne t'inquiète pas ! J'ai suffisamment de preuves contre vous tous pour ne pas être soupçonné. Et… Pour récupérer tout l'argent et les biens de la famille. Père ne savait pas comment profiter de la vie.

Alors qu'elle était allongée, prise d'une panique aveugle en écoutant son frère, complètement fou parler de tuer sa maman, son corps prit le dessus et l'adrénaline l'envahit. Zoé se souvint de son entraînement et chercha une arme. Elle faillit pousser un cri de soulagement lorsqu'elle aperçut l'arme de Lawrence, à moitié sous lui. Elle devait empêcher Alex de tuer sa mère. Elle ne pourrait pas le faire s'il la tuait maintenant. Elle glissa sa main gauche sous la poitrine de Lawrence, pour atteindre l'arme et murmura à son intention.

— Ne bouge pas !

Lawrence souleva légèrement son épaule pour qu'elle puisse l'attraper. Alex continuait de parler, sans lui prêter attention.

— Le général, qui a tué Père m'a aussi donné des munitions pour faire chanter Paul, afin qu'il ne soit pas sur mon dos. Il était hors de question que je partage mon héritage avec lui ou avec toi. Je savais toutes sortes de choses sur lui, sur ses petits viols collectifs. Le savoir, c'est le pouvoir. Je ne peux pas croire que tu ne te souviennes pas de lui. J'ai passé pas mal de temps avec lui en grandissant. Mais ensuite, tu es allée en pensionnat. Il n'a jamais été aussi mauvais que moi. C'était un faible. Quand il a compris ce que je faisais avec mes femmes, il a voulu me rejoindre. Mais il n'était pas prêt à tuer Tamara. Et s'il ne le pouvait pas, alors il ne pourrait jamais être à mes côtés. Je tue toutes mes victimes. Personne n'a l'occasion de parler. Tuer Tamara était comme un geste de moquerie à son égard, lui faisant savoir qu'il était trop faible. Quand il est venu me voir cette nuit-là, après avoir tabassé maman, il était si plein de bravade, me racontant par le menu ce qu'il lui avait fait. Mais il était encore trop faible. Alors, je l'ai tué. J'ai acquis différentes techniques.

Alex leva son arme à bout portant.

— Dois-je tirer sur Lawrence d'abord ou sur toi ?

Zoé entendit un véhicule approcher, tournant dans l'allée. *Harrison*. Toujours là pour elle, à veiller sur elle. Elle ne pouvait pas le laisser se faire tirer dessus et avec lui si proche, son frère ne perdrait pas de temps.

— Stop ! rugit Harrison par la vitre de la voiture.

Alex sourit et se mit en position.

LE CŒUR D'HARRISON s'arrêta de battre plusieurs secondes lorsqu'ils arrivèrent au coin de la rue et découvrirent Alex debout, une arme pointée sur Zoé. En s'approchant, ils constatèrent qu'elle avait plaqué Lawrence à terre. Mais son frère les tenait tous les deux en ligne de mire. Lorsqu'Alex tira le premier coup de feu, Harrison était sûr de mourir. Au lieu de cela, il esquiva le tir et garda sa position.

— Putain de merde ! murmura-t-il.

— Oui, nous ne sommes pas très nombreux à pouvoir faire ça, commenta Saul.

— Stop ! hurla Harrison.

Prêt à tout pour qu'Alex ne réalise pas son tir mortel. Ils immobilisèrent le véhicule pendant que Zoé levait son arme et envoyait une balle s'enfoncer dans le crâne de son frère.

Elle s'effondra ensuite sur Lawrence. Ils se précipitèrent hors du véhicule.

Faible et en sang, elle appuya le canon de l'arme sur le cou de Lawrence et lui ordonna.

— Ne bouge pas, connard !

— Zoé, mon Dieu ! cria Harrison.

Elle se déplaça et s'assit partiellement, privilégiant un côté.

— Je vais bien. Mais l'un de vous doit s'occuper de Lawrence.

Harrison lui arracha l'arme des mains, la jeta vers Saul et la prit dans ses bras. Harrison vit le sang s'écouler lentement de sa jambe. Il l'allongea doucement, attrapa son tee-shirt, en arracha un morceau et le noua autour du haut de sa cuisse.

Zoé leva les yeux vers lui et lui dit :

— Désolée. Je ne voulais pas me faire tirer dessus.

Il lui lança un regard effrayé.

— Chérie, personne ne le veut !

Elle lui adressa un sourire béat.

— C'est vrai.

Harrison regarda Saul et lui demanda.

— C'est bon pour toi ?

Saul acquiesça. Il avait déjà menotté Lawrence et attaché ses pieds avec des liens en plastique.

— Je l'emmène à l'hôpital. Les flics devraient être en route.

Harrison la fit monter sur le siège passager et démarra. En quittant la ruelle, il vit les policiers arriver. C'était une très bonne chose. Il ne voulait pas laisser Saul sans soutien.

Il jeta un coup d'œil à Zoé, adossée à l'appui-tête, les yeux clos.

— Accroche-toi ! Tu as besoin de soins.

— Je vais bien. Je ne dors pas. Je ne suis pas en état de choc.

— J'en doute !

— C'est mon cœur qui me fait mal. Alex a tué Tamara. Je pensais qu'elle s'était suicidée. Je me suis sentie si mal, parce que je n'avais pas réussi à l'aider !

Zoé secoua la tête, les larmes coulant à flots, le long de ses joues. Mais non, Tamara ne s'est pas suicidée.

— Mon frère l'a tuée. Juste pour prouver à Paul qu'il était meilleur que lui, car Paul, même s'il violait et tourmentait des femmes, n'était pas capable de tuer ses victimes.

Un sanglot lui échappa.

— D'une certaine façon, je pense que la mort de mon père était la revanche de Paul sur mon frère.

Zoé regarda par la vitre.

— Qu'est-ce qui ne va pas chez ces hommes-là ? Comment peuvent-ils être aussi tordus et mauvais ?

Elle laissa échapper un sanglot.

— Il a tué tant de personnes. Je ne sais même pas qui ou combien. Il a dit qu'elles étaient toutes enterrées sur les propriétés de mon père.

— La police s'en occupera. Quant à ton frère… eh bien… il est difficile de dire ce qui pousse un homme à faire ce genre de choses.

Harrison n'aimait pas ce sang qui coulait de sa jambe. Il ne voulait pas que Zoé reste silencieuse. Lentement, son corps se mit à se balancer au gré des mouvements du véhicule, comme si elle était devenue molle.

Reste éveillée ! ordonna-t-il.

— Je suis réveillée. Je te le promets.

— Tu dois rester avec moi !

— J'aimerais que tu le penses vraiment ! mugit-elle. Je

ne sais pas ce que je ferai quand tu retourneras au Texas.

Harrison lui jeta un regard et lui lança :

— Viens avec moi !

Elle fit rouler sa tête sur le côté et le regarda, surprise.

— Tu ne le penses pas. Tu le dis seulement, parce qu'on m'a tiré dessus.

Il rit.

— Bon sang, non ! Je ne demande pas à toutes celles qui se font tirer dessus de venir vivre avec moi !

Zoé le fixa, les larmes coulant encore sur son visage. Harrison s'inquiéta encore plus.

— Chérie, tiens bon ! On est bientôt arrivés !

Elle lui tendit sa main et la posa sur sa cuisse. Rien de sensuel cette fois-ci. Sa main était couverte de sang et ses paupières se fermaient.

— Zoé, reste éveillée !

— Je suis réveillée. Je réfléchis…

— À propos de quoi ?

— Sur la raison pour laquelle tu voudrais que j'emménage avec toi.

— Parce que je ne veux pas te perdre. Parce que je veux passer du temps à mieux te connaître. Parce que je pense que ce que nous avons est quelque chose que nous pouvons continuer à avoir pour toujours. Parce que… Il prit une grande inspiration et ajouta.

— Je t'aime.

Il lui jeta un coup d'œil et vit qu'elle le fixait, avec une lueur d'espoir et quelque chose d'autre qu'il ne reconnaissait pas vraiment dans son expression. Harrison pensa que peut-être, s'il avait de la chance, c'était de l'amour.

— Nous sommes arrivés à l'hôpital, dit-elle.

Il se gara sur la bande d'arrêt d'urgence et klaxonna.

— Espérons que quelqu'un ait appelé avant.

Plusieurs personnes se précipitèrent vers leur véhicule. Il se tourna vers elle.

— Tu pourrais me donner une réponse, tu sais ? S'il te plaît, ne me force pas à attendre ! Mets fin à mes souffrances tout de suite ! réclama-t-il.

Zoé posa sa main sur sa joue et tira sa tête vers elle.

— Je serai parfois grincheuse et laide.

— Je le serai aussi, chuchota-t-il.

— Tu te mettras parfois en colère contre moi.

Il s'esclaffa.

— Tu feras la même chose avec moi.

Elle le scruta et murmura :

— Tu es sûr ?

Harrison acquiesça.

— Plus que sûr.

Les portières de la voiture s'ouvrirent.

— Oui, susurra Zoé, puis elle l'embrassa.

Elle fut détachée et quelqu'un toussa, se raclant la gorge. Harrison recula et dit à l'ambulancier.

— Ménagez ses jambes ! On lui a tiré dessus. Elle a tué un des hommes que nous recherchions et en a capturé un autre.

Le personnel hospitalier la considéra avec respect. Ils l'aidèrent à descendre du véhicule et à monter sur un brancard qui la conduisit directement aux urgences.

Harrison s'appuya sur le toit de la voiture et la regarda entrer pour recevoir les soins dont elle avait besoin.

Trois flics lui tournèrent autour.

— Comment se fait-il que vous ayez toujours les femmes à la fin ? demanda l'un d'eux.

Harrison lui jeta un regard en coin, esquissa un sourire et lâcha.

— Les femmes aiment les héros.

Chapitre 16

— NOUS AURIONS pu vivre n'importe où.

Zoé le regarda grincheuse et s'enfonça dans le siège. Elle n'était pas sûre d'être la bienvenue. Mais Harrison s'était montré intraitable sur ce point. Ils franchirent le grand portail double.

— On dirait une base militaire.

Il rit.

— Ce n'est pas si grave.

— C'est encore pire.

Saul était sur le siège arrière. Dakota, qui se déplaçait encore parfois très lentement, était à côté de lui.

— Bon, ça suffit, vous deux ! déclara-t-il.

Harrison s'esclaffa.

— Zoé était tellement inquiète à l'idée de venir ici.

Puis il lui fit remarquer quelque chose, juste pour elle. Elle fronça les sourcils lorsqu'ils passèrent devant deux balançoires pour adultes. À côté, il y avait un porte-vélos, contenant deux vélos d'adultes. Harrison se pencha vers elle, l'embrassa et lui murmura.

— Je t'apprendrai… quand ta jambe sera guérie.

Zoé renifla discrètement, retint ses larmes, craignant que les deux hommes derrière elle ne s'en aperçoivent. Elle avait peur qu'Harrison ne le voie. Elle était incapable de le regarder, alors elle se contenta de tendre la main, de la saisir et de la serrer. Peut-être qu'elle serait la bienvenue ici après tout.

Saul s'était immiscé dans son moment, sans même s'en rendre compte.

— En fait, nous sommes tous très enthousiastes à l'idée de ce déménagement.

— Tant mieux.

Zoé sourit, se ressaisissant.

— Alors, tu es le prochain sur la liste ?

Saul la regarda, perplexe.

— De quoi parles-tu ? Quelle liste ?

— C'est le domaine de l'amour, tu sais ? Ici, tout le monde est un héros.

Lorsqu'Harrison arrêta le véhicule, Zoé ouvrit sa portière et sortit lentement, en saisissant sa béquille. Une douzaine d'hommes et de femmes vinrent à leur rencontre. Zoé se figea.

— Il y a beaucoup de monde ! murmura-t-elle dans un souffle.

Un homme viril, manifestement le responsable des lieux, s'approcha d'Harrison qui avait rejoint Zoé. Il lui donna une tape dans le dos et se tourna vers Zoé. Il sourit et lui tendit la main.

— Bienvenue, Zoé !

Elle se rendit compte qu'elle le regardait en souriant et lui répondit :

— Merci, Levi ! Pour tout. Et surtout pour avoir envoyé Harrison s'occuper de moi. C'était bien d'avoir mon propre héros !

Harrison ricana. Levi grimaça.

Des rires et des sourires de bienvenue émanèrent des femmes qui se trouvaient à côté du véhicule. Zoé les étudia attentivement. Elle reconnut Ice d'après la photo qu'elle avait vue sur Internet. Une femme d'une beauté époustouflante, qui affichait un grand sourire.

— Désolée si ce terme vous choque, mais, moi, je l'aime bien. Il correspond à mon monde, comme à celui d'Harrison, annonça-t-elle en se rapprochant de lui qui, instinctivement, ouvrit les bras. Elle passa un bras autour de son dos. Elle sourit timidement aux femmes qui les entouraient. Elles lui souriaient toutes.

Ice s'avança et expliqua.

— Levi n'aime pas le terme de *héros*. Mais honnêtement, nous avons tous trouvé le nôtre ici. Tu peux donc appeler Harrison ton héros.

En s'avançant vers Levi, elle ajouta.

— En fait, le premier surnom de notre société était « Héros à Louer », mais il y en a d'autres.

Saul rit.

— J'adore ça. C'est tout à fait approprié.

Une femme s'avança et déclara.

— Des héros pour le cœur.

Une troisième s'esclaffa puis avoua.

— J'ai choisi les Héros du Ciel.

Ice sourit à nouveau et raconta.

— Anna a fait de Flynn son héros pour les sans-abris.

— Ce qui est parfait, étant donné qu'elle a le refuge pour animaux et qu'il est intervenu pour tous les sauver, précisa la troisième femme.

Harrison chuchota contre l'oreille de Zoé.

— En fait, tu es mon héroïne à moi. Tu m'as sauvé de la solitude.

Zoé lui sourit, tendit la main et embrassa sa joue tout en lui murmurant.

— Je ne pense pas avoir jamais entendu quelque chose d'aussi gentil.

Levi conclut :

— Entrez ! Bienvenue dans votre nouvelle maison !

Se déplaçant avec précaution, sa jambe n'étant pas encore complètement rétablie, Zoé suivit le rythme du groupe qui pénétrait dans l'immense bâtiment.

— Je pense que je vais adorer vivre ici, confia-t-elle. Surtout parce que je n'ai pas à me rendre au tribunal en Californie.

— Rien ne le garantit, précisa Levi. Mais, compte tenu du fait que Lawrence et les deux autres parlent comme des pipelettes, le général n'y échappera pas non plus.

Zoé acquiesça.

— J'ai hâte de voir ça.

Elle s'arrêta sur le seuil et se retourna pour contempler les montagnes et les collines du vaste paysage qui les entourait.

— C'est vraiment très beau !

Harrison la serra contre lui.

— Es-tu sûre que tu seras bien ici ? questionna-t-il.

Elle se retourna pour le regarder.

— Ce sera le paradis, murmura-t-elle.

Puis elle éclata de rire. Les autres se retournèrent pour la regarder. Quand son rire se calma, elle annonça avec un sourire radieux.

— Je sais que tu es le « héros Harrison ». Juste pour moi.

— Oh, non, pas du tout ! Pas d'étiquettes pour moi. Pas question ! s'emporta-t-il en se dirigeant vers la cuisine.

Mais les autres l'avaient déjà entendue, ce qui donna le ton à son arrivée au domaine et au reste de sa vie.

Et c'était *parfait*.

Épilogue

S AUL ADORAIT CET endroit. Il n'était jamais venu au Texas avant de vivre sur le domaine. Il trouvait cette expérience unique. Non seulement, il était prêt pour ça, mais il avait découvert quelque chose dont il avait envie, même s'il l'ignorait. Une nouvelle mission, une fraternité, des amis et une famille. Il ne lui manquait plus qu'une chose.

Il était seul. Tant d'autres ici avaient des partenaires.

Après avoir vu Harrison et Zoé sortir ensemble, de façon un peu brutale, il avait admiré le prompt apaisement de leur relation. Ils formaient, maintenant, le couple le plus attentif, le plus attentionné et le plus aimant qu'il ait jamais vu.

Ils étaient parfaitement assortis. Ils complétaient avantageusement le groupe de ceux qui peuplaient ce lieu. Beaucoup d'hommes allaient rejoindre la compagnie de Levi, prochainement. La plupart seraient célibataires. Ce serait une bonne chose. Saul trouvait ça un peu difficile d'être seul, dans ce monde de couples. C'était son ressenti. Ce n'était pas un choix. Mais, jamais, il n'avait encore rencontré quelqu'un qu'il voulait ainsi auprès de lui. Il se demandait s'il resterait toujours célibataire.

Les femmes s'étaient gentiment moquées de lui et de Dakota, aussi, à de nombreuses reprises.

Oh, eh bien, l'avenir le dirait ! Peut-être aurait-il de la chance, lui aussi, après tout.

La voix de Levi retentit dans les haut-parleurs.

— Saul, viens au bureau ! J'ai une mission *spéciale* pour toi.

Les sourcils de Saul se haussèrent. Que Levi voulait-il dire par là ? Saul n'arrivait pas à freiner ses pas alors qu'il montait les marches en bondissant. Il était toujours prêt à partir en mission.

Qui sait ? Peut-être que ce serait la *bonne*.

C'est la fin du tome 7 de *Héros à louer : Le Cœur d'Harrison*.
Découvrez la suite avec *L'Amour de Saul : Héros à louer,*
tome 8

Héros à louer,
L'Amour de Saul,
tome 8

Saul est un homme qui connaît l'inestimable valeur d'un véritable ami. Aussi, lorsque *Legendary Securities* lui demande de retrouver Daniel, le frère disparu de Benji, il n'hésite pas une seconde à accepter la mission. En creusant la piste, Saul se rend compte que Daniel pourrait bien être impliqué dans des choses bien plus graves que le fait d'éviter les appels téléphoniques de son frère.

Rebel, de son côté, hante l'appartement de Daniel, à la recherche de son ami disparu. Lorsque les cadavres commencent à s'accumuler, elle est terrifiée à l'idée qu'il soit la prochaine victime. Mais Rebel n'est pas du genre à rester les bras croisés à attendre que le pire se produise, ex-SEAL ou pas.

Elle fait comprendre à Saul que, s'il ne s'écarte pas de son chemin, elle lui passera sur le corps.

Pour d'autres, ce serait peut-être une menace. Pour Saul, c'est une promesse qu'il désire qu'elle tienne… de préférence avant que la situation délicate de leurs amis n'explose et ne les élimine tous.

Le tome 8 est disponible dès aujourd'hui !
Pour en savoir plus, visitez le site web de Dale Mayer.
https://geni.us/FRDMSSaul

Note de l'auteure

Merci d'avoir lu *Le Cœur d'Harrison, Héros à louer, tome 7* ! Si vous avez apprécié le livre, merci de prendre un moment pour laisser votre avis.

Chers lecteurs,

J'aime avoir de vos nouvelles, alors n'hésitez pas à me contacter sur mon site web : www.dalemayer.com ou sur ma page d'auteure Facebook. Pour être informés des nouvelles parutions et des offres spéciales, inscrivez-vous à ma newsletter ou suivez-moi sur BookBub. Si vous souhaitez rejoindre mon groupe de lecteurs, voici la page d'inscription sur Facebook.
http://geni.us/DaleMayerFBGroup

À bientôt,
Dale Mayer

À propos de l'auteure

Dale Mayer est une auteure de best-sellers au classement de *USA Today*, connue pour ses romances militaires sur les forces spéciales, sa série *Psychic Visions* et sa série *Jolis Jardins Maudits*, dans le genre cozy mystery. Ses romances contemporaines sont vibrantes d'émotion et de passion (série *Broken But... Mending, Hathaway House*). Ses thrillers vous laisseront à bout de souffle (séries *By Death* et *Kate Morgan*) et ses comédies romantiques vous feront rire aux éclats (*It's a Dog's Life*, une novella hors-série, et la série *Broken Protocols* avec Charming Marvin, le chat).

Elle laisse libre cours aux séries qui lui viennent... dont certaines sont carrément folles, enfreignant toutes les règles et croisant différents genres !

En plus de ses romans de fiction, elle écrit également des textes documentaires dans de nombreux domaines, dont la rédaction de CV, le jardinage de loisir et le système de crédit immobilier américain. Elle a récemment publié la série professionnelle *Career Essentials*. Tous ses livres sont disponibles aux formats papier et ebook.

Contactez Dale Mayer en ligne

Site web de Dale – www.dalemayer.com
Twitter – @DaleMayer
Facebook Page – geni.us/DaleMayerFBFanPage
Facebook Group – geni.us/DaleMayerFBGroup
BookBub – geni.us/DaleMayerBookbub
Instagram – geni.us/DaleMayerInstagram
Goodreads – geni.us/DaleMayerGoodreads
Newsletter – geni.us/DaleNews